Sarah Baumgärtner

# Kira startet durch!

W0355638

# Inhalt

# Sommerferien vorbei

Es ist wieder einmal Montag, der erste Schultag, die Ferien sind vorüber. Der Wecker klingelt und ich fahre aus dem Bett hoch.

„Blödes Ding. Wo bist du?“ Fragend blicke ich zu meinem Nachtisch. „Ach, ich hatte dich ja in meine Schreibtischschublade gelegt, damit ich auf jeden Fall aufwache.“

Ich rapple mich aus dem Bett hoch und schalte meinen Wecker aus. Es ist ruhig, meine Geschwister schlafen noch, leise schleiche ich ins Bad und ziehe mich an.

Ich bin Kira, Kira Schniz, und habe zwei Geschwister: Luk und Nora. Meine Eltern heißen Stefan und Karin, mein, also eher unser Hund hört auf den Namen Hero. Ich habe braune Haare und Augen, nichts Besonderes also.

Als ich fertig bin, stürmen schon meine Geschwister herein.

„Guten Morgen!“, ruft Luk, mein kleiner Bruder, mir entgegen. Er hat dunkelblondes Haar und blaue Augen. So blau wie das Meer, obwohl ich das nicht so genau sagen kann, da ich noch nie am Meer war.

„Gut geschlafen?“ Das kommt von meiner kleinen Schwester Nora, sie hat blaugraue Augen und hellbraunes Haar. Meistens trägt sie lila- oder rosafarbene Kleidung.

„Na, guten Morgen, ihr kleinen Racker, gut geschlafen?“ Ich kämpfe mich an meinen Geschwistern vorbei auf den Flur und gehe die Treppe hinunter. Am Frühstückstisch warten bereits meine Eltern auf mich. Beide sind mittelgroß und braunhaarig.

„Guten Morgen, mein Schatz, freust du dich auf die Schule?“

„Morgen, Mama. Es geht, ich hätte lieber noch ein paar Wochen Ferien. Morgen, Papa.“

Mein Vater, der mich wie immer noch nicht bemerkt hat, schaut kurz von seiner Zeitung auf und nuschelt ein kaum verständliches „Guten Morgen“.

Das ist normal, um diese Zeit ist er nie besonders gut gelaunt. Ich schnappe mir ein Brötchen aus dem Brotkorb, bestreiche es mit Marmelade und beiße genüsslich hinein. Jetzt kommen auch Luk und Nora die Treppe heruntergepoltert und setzen sich zu uns. Ich verschlinge den Rest meines Brötchens, gehe in die Küche, nehme meine Vesper und mein Trinken und stecke sie in meinen Ranzen. Schließlich fülle ich noch Heros Fress- und Trinknapf auf, bevor ich in meine Turnschuhe und Jacke schlüpfe und den Ranzen schultere.

„Ciao“, rufe ich, bevor sich die Türe hinter mir schließt. Schnell laufe ich zur Haltestelle und warte auf den Bus, der selbst am ersten Schultag zu spät kommt. Mein Schulweg ist nicht sehr spannend. Wir kommen nur an Bäckereien, Einkaufsläden, Reisebüros und vielen, vielen Häusern vorbei. Meistens hält der Bus noch am Bahnhof. Und auch den Tunnel dürfen wir nicht vergessen.

In der Schule angekommen sind meine Freundinnen Ann-Kathrin, blond und blauäugig, sowie Rebekka schon da. Rebekka hat braune Augen und Haare wie meine Schwester. Beide spielen für ihr Leben gerne Fußball. Zusammen suchen wir unser neues Klassenzimmer und ergattern sogar noch drei Plätze in der zweiten Reihe. Zum Glück! Ich hätte keine große Lust verspürt, alleine zu sitzen. Auf dem vierten Stuhl sitzt eine Neue, die niemand kennt.

Um Punkt acht Uhr kommt Frau Müller herein, unsere neue Klassenlehrerin. „Guten Morgen, liebe 7b“, begrüßt sie uns. „Ich hoffe, ihr hattet alle schöne Ferien und habt euch gut erholt? Wie jedes Jahr überprüfen wir erst einmal, ob alle hergefunden haben.“

Frau Müller liest die Namen der Schülerinnen und Schüler auf ihrer Liste vor. Währenddessen trudeln auch noch die restlichen Klassenkameraden ein. Es ist immer ein bisschen chaotisch. Vor allem, weil wir neu zusammengewürfelt wurden und keiner weiß, wohin er muss. Da kommen öfter Fehler vor.

Es stellt sich heraus, dass die Neue neben mir Kathrin heißt. Frau Müller fordert sie auf: „Kathrin, wärst du mal so nett und würdest dich den anderen vorstellen?“

Sie steht auf und geht nach vorne. „Ich heiße Kathrin Hahn und bin zwölf Jahre alt. Ich spiele Fußball und wohne in Hessigheim. Davor wohnte ich in Bayern, in der Nähe von Nürnberg.“

Aha, sie kommt also aus Bayern, aber warum ist sie nun hier? Ich melde mich und werde sogleich von Frau Müller aufgerufen. „Ja, Kira?"

„Warum seid ihr umgezogen?"

Kathrin überlegt kurz, das sieht man ihr an. „Mein Vater musste wegen seiner Arbeit hierher, ich wollte eigentlich gar nicht mit."

Jetzt sieht sie ziemlich traurig aus, warum bin ich nur so neugierig? Hoffentlich findet sie bald Freunde. Es ist blöd, alleine zu sein. Sonst sieht sie eigentlich ganz nett aus. Mit blonden Haaren und braunen Augen, das ist selten. Die meisten Leute haben entweder dunkle Augen und dunkle Haare oder beides ist hell.

Als es klingelt, stürmen alle aus dem Zimmer außer Kathrin. „Würdest du bitte auch rausgehen?", wendet sich Frau Müller an sie.

Langsam geht sie zur Tür, an der ich noch stehe. „Willst du mit mir mitkommen?", frage ich sie und nehme ein kaum merkbares Nicken wahr.

Wir laufen zusammen auf den Hof, wo bereits Ann-Kathrin und Rebekka auf mich warten. „Warum hast du denn die mitgebracht?", lautet die erste Frage, als ich beziehungsweise wir ankommen.

„Warum denn nicht, was ist daran denn so schlimm?", entgegne ich.

Mürrisch schauen die zwei mich an.

„Ich kann auch gehen, wenn ihr wollt", meint Kathrin, die sich offenbar überflüssig fühlt. Langsam entfernt sie sich von uns.

„Was sollte das denn jetzt?" Ich bin sauer, wie man so mit jemand Neuem umgehen kann. „Warte!", rufe ich und laufe Kathrin hinterher. Als es klingelt, drängen sich die Schüler durch die Eingangstür der Realschule.

Ach so, das habe ich ganz vergessen: Ann-Kathrin, Rebekka und ich sind seit dem Kindergarten miteinander befreundet. Zusammen gingen wir in die Grundschule und jetzt besuchen wir seit zwei Jahren die Maximilian-Lutz-Realschule in Besigheim. Wir wohnen alle in Löchgau. Seit Anfang der Sommerferien bin ich ihnen nicht mehr so wichtig und spiele nur noch eine Nebenrolle. Warum sie sich Kathrin gegenüber so aufgeführt haben, weiß ich nicht. Aber ich find es einfach fies und unfair.

Ich bin schon in der siebten Klasse, mein Bruder Luk ist in der fünften, Nora in der zweiten.

Wahnsinn!

Wir schieben uns durch das Eingangsportal und steuern auf unser Klassenzimmer zu. Nachdem wir uns auf unsere Plätze gesetzt haben, betritt Frau Müller wieder den Raum.

Sie verkündet: „So, jetzt möchte ich euch euren Stundenplan mitteilen." Sie nimmt ein Stück Kreide und geht zur Tafel.

Blöd, dass ich Französisch gewählt habe. Ich hätte lieber Mensch und Umwelt (MUM) nehmen sollen wie Ann-Kathrin und Rebekka, dann wäre ich jetzt nicht alleine. Kathrin scheint auch Französisch gewählt zu haben, denn sie schreibt die Zeiten ebenfalls ab. Das ist gut, dann bin ich nicht ganz allein. Auch wenn ich Kathrin noch nicht so gut kenne.

Der Stundenplan ist eigentlich ganz in Ordnung. Zum Glück fällt in der ersten Woche der Nachmittagsunterricht aus, sonst hätte ich heute schon.

Endlich, die Schule ist aus. Viel haben wir heute noch nicht gemacht, aber das ist immer so. Ein neues Schuljahr beginnt langsam. Ich laufe zur Bushaltestelle und warte. Rebekka und Ann-Kathrin stehen ein bisschen abseits. Ich glaube, sie sind immer noch sauer auf mich. Na ja, egal. Das renkt sich bestimmt wieder ein. Ich hoffe es zumindest.

Als ich zu Hause ankomme, sind Luk und Nora schon da. Es gibt Essen und anschließend verschwinde ich in meinem Zimmer. Es ist sehr groß. Mein Schreibtisch steht am Fenster. Gleich neben der Tür haben ein Sofa mit Tisch und ein Sitzsack ihren Platz. Manchmal stelle ich auch mein kleines Trampolin auf. Als Erstes fertige ich eine Liste mit Schulsachen an, die ich benötige. Schließlich, kurz vor drei, schnappe ich mir mein Fahrrad und radle zum Schreibwarenladen im Ort.

Wieder daheim angekommen packe ich meinen Ranzen für morgen. Oh nee, jetzt muss ich auch noch alle Sachen beschriften, dazu habe ich eigentlich keine Lust. Aber es muss eben sein. Als ich endlich fertig bin, laufe ich hinaus in den Garten zu Nora und Luk.

# Wenn Freunde etwas wollen ...

Ich fahre aus dem Bett hoch, weil ich einen schrecklichen Traum hatte. Etwas klingelt wie verrückt. Träume ich immer noch? Bitte nicht. Mir läuft es eiskalt den Rücken hinunter und die Härchen auf meinen Armen stellen sich auf. Um Gottes willen, was ist das?

Mein Blick fällt auf meinen Nachttisch. Mein Wecker! Ich stürze sofort aus dem Bett auf und laufe zum Schreibtisch. Mein Wecker scheint zu zerspringen, so schnell und laut schrillt sein Piepen durch den Raum.

Endlich, es ist wieder still. Ich lasse mich auf mein Bett fallen, natürlich bin ich jetzt hellwach. Hoffentlich habe ich niemanden geweckt. Es ist kurz nach sechs und ich muss eigentlich erst in einer Stunde aufstehen. Deshalb stelle ich meinen Wecker auf kurz nach sieben und lege mich wieder ins Bett. Ob ich überhaupt noch schlafen kann? Mal sehen. Ich gähne.

Ring, ring, ring. Schon wieder schellt mein Wecker. Schnell stelle ich ihn ab und strecke mich. Meine Geschwister sind schon wach, das kann ich hören. Wahrscheinlich haben sie zur ersten Stunde Schule.

Ich stehe an der Bushaltestelle und warte schon seit zehn Minuten auf den Bus. Sollte der nicht um sieben Uhr fünfundvierzig kommen? Schließlich tuckert er um acht Uhr heran.

„Warum kommen Sie eine Viertelstunde zu spät?“, höre ich mich den Busfahrer fragen. Warum will ich das denn auch noch wissen?

„Ich bin nicht zu spät, sondern auf die Sekunde pünktlich“, entgegnet der Busfahrer höflich.

Oh Mann, wie peinlich! Ich glaube, ich bin mit dem falschen Fuß aufgestanden. Warum nur? Ich stöhne auf und lasse mich auf einen freien Platz fallen.

An der nächsten Haltestelle steigen Rebekka und Ann-Kathrin

ein. Ann-Kathrin lässt sich neben mich auf den Sitz plumpsen, Rebekka hockt sich hinter uns.

Nach einer Weile fragt Ann-Kathrin mich: „Kira, wie findest du eigentlich Kathrin?"

„Eigentlich ganz okay. Und ihr?"

„Ja, auch." Dann wird es still, unheimlich still.

Schließlich fasse ich mir ein Herz. „Warum wart ihr denn gestern so sauer auf mich?" Es ist erneut still und ich erwarte jeden Moment einen Wutausbruch der beiden.

„Wir finden nicht in Ordnung, dass du uns vorher nicht gefragt hast", erwidert Ann-Kathrin.

„Ich hätte euch also vorher fragen sollen. Wann denn?"

„Keine Ahnung."

Jetzt mischt sich Rebekka ein. „Kommst du eigentlich mal ins Fußballtraining mit?"

Ich überlege kurz. „Mal sehen."

Rebekka und Ann-Kathrin wollen, seit sie kicken gehen, dass ich einmal mitkomme. Aber ich mache Karate und das macht mir so viel Spaß. Wie gesagt, mal sehen.

„Wann habt ihr denn Training?", frage ich, damit ich mich besser entscheiden kann.

„Montags und donnerstags, vor großen Spielen zusätzlich freitags", entgegnet Rebekka darauf.

Zum Glück nicht mittwochs und freitags. An den Tagen hab ich nämlich Karatetraining und da darf ich nicht so oft fehlen, weil ich in der Turniergruppe bin.

Der Bus hält und wir steigen aus. Was sollen wir bis zum Schulbeginn bloß machen? Wir haben noch Zeit, denn der Unterricht zur dritten Stunde beginnt erst um neun Uhr fünfzig. Und jetzt ist es erst acht Uhr zwanzig. Kathrin ist noch nicht da, soweit ich das überblicken kann.

In der Aula ist viel los, anscheinend haben heute viele erst später Unterricht. Ob Kathrin eigentlich mit dem Bus fährt oder mit dem Fahrrad? Von Hessigheim aus wäre das möglich.

Es klingelt, keine Ahnung, wo die Zeit schon wieder abgeblieben ist. Wir waren nur kurz bei Lidl und Aldi und sind noch über den

Pausenhof spaziert. Jetzt haben wir Geschichte bei irgendeinem jungen Lehrer, glaube ich. Er stellt sich als Herr Maier vor, ist jung und sieht nett aus. Also ganz okay. Mein Tag ist gerettet. Obwohl ich ja nicht weiß, wie die anderen Lehrer sind.

In die Pause gehe ich wieder mit Kathrin. „Was machst du so in deiner Freizeit?“, frage ich sie.

„Ich? Ich spiele Fußball, zumindest früher habe ich gespielt“, antwortet sie.

„Warum früher?“

„Na ja, ich wohne noch nicht so lange hier und weiß nicht, wo es einen Verein gibt.“

„Die gibt es doch fast in jedem Ort. Oder?“, hake ich nach.

„Schon, aber nicht jeder Verein ist gut und hat nette Spieler.“

„Stimmt“, gebe ich zu.

Es wird kurz still, bis sie mich fragt: „Hast du eine Idee?“

„Ich?“ Ich bin ein bisschen überfordert, woher soll ich denn so etwas wissen?

Anscheinend habe ich zu lange gezögert, denn Kathrin sagt: „Ja, du.“

„Ähm, keine Ahnung, ich weiß nur, dass es in Löchgau eine Fußballmannschaft gibt und dass die sehr gut sein sollen. Deshalb kommen auch viele von weiter her.“

„Das ist doch eine ganze Menge. Mal sehen, vielleicht gehe ich da einmal hin“, beschließt Kathrin.

„Frag doch Ann-Kathrin und Rebekka, die spielen dort.“ Ich beiße mir auf die Lippe. Mist, das war wohl ein Fehler.

„Mal sehen.“ Ihr macht meine Bemerkung offenbar nichts aus.

Ob ich mitgehen soll? Damit sie nicht alleine ist, schließlich habe ich ihr ja diesen Tipp gegeben.

„Was machst du denn so?“, fragt Kathrin nun.

„Ich trainiere Karate, aber die beiden wollen schon lange, dass ich mal mit ins Fußballtraining komme“, erkläre ich.

„Dann können wir ja vielleicht zusammen gehen?“, schlägt sie sogleich hoffnungsvoll vor.

„Mal sehen ...“

„Ach, komm schon, bitte“, fleht Kathrin.

„Na gut. Aber ich muss erst meine Eltern fragen“, erkläre ich. „Wann ist denn Training?“

„Montags und donnerstags. Ob wir uns da anmelden müssen?“

„Ach wo, sag doch einfach deinen Freundinnen Bescheid“, meint sie.

„Okay. Komm, das machen wir gleich“, sage ich und wir schlendern zu den beiden hinüber. Anscheinend findet Kathrin es nicht schlimm, dass sie gestern nicht nett zu ihr waren.

„Hi“, begrüßen sie uns. „Was gibt es?“

„Wir wollten fragen, ob wir am Donnerstag mit zum Training dürfen“, verkünde ich unser Anliegen.

Meine Freundinnen strahlen. „Ja, klar. Das ist cool! Spielst du auch Fußball?“ Der letzte Satz ist an Kathrin gerichtet.

„Ja“, antwortet diese knapp.

Es klingelt und wir mischen uns unter den Schülerstrom, um ins Schulgebäude zu gelangen.

Nach dem Unterricht stehen wir an der Bushaltestelle und Ann-Kathrin und Rebekka sind immer noch Feuer und Flamme. „Das ist toll, dass du doch mal mitkommst.“

„Ich kann's ja versuchen.“ Richtig glücklich bin ich über diese Entscheidung immer noch nicht. Zwar spiele ich manchmal mit Luk Fußball, aber lange nicht so gut. Außerdem hab ich auch noch Karate und zwei Sportarten sind doch ein bisschen zu viel. Oder? Mal sehen. Der Bus kommt und alle drücken sich wie die Wilden hinein. Es dürfen sowieso alle mit, warum also drücken? Und wenn nicht, dann kommt ein zweiter. Schließlich steige ich ein und der Bus rollt los.

Zu Hause angekommen stelle ich meinen Ranzen ab und ziehe Jacke und Schuhe aus. Ich schnüffle, riecht es nicht nach Pfannenkuchen? Mmh, lecker! Schnell laufe ich in die Küche.

„Hallo Mama“, begrüße ich sie.

„Hallo Kira, na, wie war dein Tag?“, will meine Mutter wissen.

„Ganz okay.“

Wir lassen uns am Tisch nieder und schon kommen auch Luk und Nora die Treppe heruntergepoltert und setzen sich dazu.

„Lecker! Ich will zuerst!“, ruft meine kleine Schwester. Mama verteilt die Pfannenkuchen, und als alle weg sind, sagt Nora stolz: „Ich hab vier gegessen."

„Darf ich aufstehen?", bittet Luk.

„Ja." Mama erlaubt es.

Ich gehe die Treppe in mein Zimmer hinauf, Hausaufgaben hab ich keine auf, aber Schulsachen brauche ich wieder einmal. Können die Lehrer sich nicht einfach absprechen und eine Liste mit allen Fächern machen? Das wäre viel einfacher. Dann müsste man nicht so oft einkaufen gehen. Ich stöhne auf und stecke die Bücher für den nächsten Tag in den Ranzen. Mal sehen, wie weit Luk ist.

Ich habe erst zur zweiten Stunde und sitze in der Aula, was soll ich tun? Viele jüngere Schüler sind da, wahrscheinlich haben die auch alle erst später Unterricht. Die neuen Fünftklässler dieses Jahr sind aber wirklich klein. Waren wir damals auch so klein? Ich kann mich nicht mehr daran erinnern, aber ich glaube nicht. Am besten frage ich nachher Ann-Kathrin und Rebekka, die beiden haben zum ersten Mal MUM. Mal sehen, wie es ihnen gefällt. Hoffentlich kommt Kathrin bald. Ich stöhne leise auf, weil es so laut ist.

Kurze Zeit später sehe ich Kathrin die Schule betreten und laufe ihr entgegen. „Hallo. Willst du zu mir in die Aula kommen?"

„Gerne, wenn du nichts dagegen hast?"

„Nee."

Sie folgt mir in die Aula zu meinem Tisch. Eine ganze Weile bleibt es still, weil ich nicht weiß, was ich sagen soll.

Plötzlich fragt mich Kathrin: „Freust du dich auf morgen?"

„Was ist denn morgen?", gebe ich verdutzt zurück.

„Das Probetraining, hast du das etwa schon vergessen?", stößt sie ein wenig empört hervor.

„Ja", muss ich gestehen. Vor lauter Schulkrambesorgen habe ich das wirklich vergessen. Hoffentlich haben Mama und Papa nichts dagegen, ich habe sie noch gar nicht gefragt. Aber warum sollten sie etwas dagegen haben?

Es ist kurz vor Unterrichtsbeginn und wir machen uns auf den Weg zu unserem Klassenzimmer. „Hoffentlich ist Französisch nicht so schlimm und wir bereuen es", verkündet Kathrin stirnrunzelnd.

„Ach wo, das glaub ich nicht“, antworte ich.

Wir setzen uns in die erste Reihe, den Rest der Klasse kennen wir noch nicht so gut, da die alten Klassen auseinandergerissen und neu zusammengewürfelt wurden. Es ist ein Wunder, dass Ann-Kathrin, Rebekka und ich in einer Klasse geblieben sind, obwohl die beiden kein Französisch gewählt haben.

Frau Spät betritt das Zimmer und begrüßt uns. „Bonjour, ma classe.“

Was heißt das denn jetzt schon wieder, kann die nicht zumindest am Anfang deutsch reden? Zum Glück hat meine Oma im Elsass ein Haus und kann Französisch, so weiß ich, dass bonjour „Guten Tag“ heißt. Aber ma classe? Vielleicht meine Klasse? Ja, das wird es sein. Frau Spät ist eine junge und nette Lehrerin. Die erste Französischstunde geht wie im Flug vorüber, wir haben noch nicht viel gemacht, aber ich muss schon wieder einkaufen gehen. Na ja.

Auch der restliche Schultag ist schnell vorbei. Ich sitze schon im Bus und bin auf dem Heimweg. Nach dem Essen verschwinde ich in meinem Zimmer, um Hausaufgaben zu machen. Wir haben noch nicht sehr viele. Das dachte ich mir schon, aber trotzdem.

Als das Telefon klingelt, gehe ich ran. „Hallo Kira, na, was machst du heute noch?“, tönt mir Ann-Kathrins Stimme entgegen.

„Hallo. Keine Ahnung. Du?“, erwidere ich.

„Ich wollte dich fragen, ob du mit mir und Rebekka ins Freibad kommen willst. Es ist so schönes Wetter.“

Ins Freibad? Och nee. Ich hasse schwimmen und das Freibad auch, da müffelt es immer nach Chlor und es ist so laut.

„Nein, danke, ich glaube, ich geh lieber mit Luk raus“, antworte ich.

„Wie du meinst ...“

Ich will noch was sagen, aber sie hat schon aufgelegt. Hat sich ihre Stimme nicht ein bisschen traurig angehört? Na wenn schon, schließlich weiß sie, dass ich nicht gerne ins Freibad gehe.

# Erstes Mal Fußball

Es ist Donnerstagnachmittag, die Schule ist rum, die Hausaufgaben sind erledigt und einkaufen war ich auch schon. Immer dieses Einkaufen, ich hasse es. Ich weiß gar nicht, was die anderen Mädchen daran so toll finden. Na ja, ist auch egal, man kann nicht alles mögen. Nachher habe ich das erste Mal Fußballtraining. Was soll ich denn da anziehen?

Mama und Papa habe ich inzwischen gefragt, sie haben es zwar erlaubt, waren aber nicht begeistert. Egal. Gestern war außerdem das erste Karatetraining nach den Ferien, das war vielleicht toll.

Das Fußballtraining beginnt erst um sechs Uhr, ich hab noch eine Stunde Zeit, aber wir müssen sicher früher da sein. Mit Ann-Kathrin und Rebekka habe ich mich um halb sechs verabredet. Okay, hmm ... ich ziehe einfach eine Sporthose und ein T-Shirt an und meine Turnschuhe.

Es ist kurz vor halb, schnell ziehe ich mich um, schnappe mir meine Tasche und schwinge mich auf mein Fahrrad. Natürlich bin ich viel zu früh am Treffpunkt, aber das ist besser als zu spät. Schließlich tauchen meine Freundinnen auf, sie haben ihre Sportsachen noch nicht an. Warum auch nicht? Dafür gibt es schließlich Umkleiden. Wir radeln los. Als wir ankommen, ist Kathrin bereits da und wartet auf uns.

Um fünf vor sechs stehen wir dann auf dem Platz und der Trainer Sven Hopf begrüßt uns freundlich. „Schön, dass ihr da seid. Ich hoffe, es wird euch gefallen."

Jetzt begreife ich auch, warum meine Freundinnen so scharf darauf waren, dass wir mitkommen. Es sind zwei Mädchen zu wenig im Team, weshalb sie keine Ersatzspielerinnen haben, wenn jemand krank wird. Deswegen mussten sie schon einige Spiele absagen. Wir wärmen uns als Erstes auf, das bin ich vom Karate gewöhnt. Danach machen wir Dribbelübungen und bilden zwei Mannschaften. In der einen sind Luca, Ann-Kathrin, Julia, Nele, Selin, Rebekka, Michelle, Katharina und in der anderen Christin, Josephine, Kai, Kathrin, Leonie, Marie, Luci, Jasmin und ich. Wir sind eine mehr, da Sven denkt, wir seien nicht so gut. Ich muss ins Tor, da sie keinen Ersatztorwart haben und Kathrin früher schon im Mittelfeld gespielt hat.

Das Spiel beginnt und schon kommt der Ball auf mich zugeflogen. Ich recke meine Arme in die Höhe und springe in den Winkel. Tatsächlich erwische ich den Ball, meine Mannschaft und Sven rufen: „Super, Kira!"

Dreimal muss ich den Ball noch halten, bis Sven pfeift. Das Spiel ist aus. Kathrin hat ebenfalls super gespielt und zwei Tore geschossen.

Rebekka mault: „Das war unfair, die waren zu neunt."

Darauf antwortet Sven: „Nein, war es nicht. Ihr spielt schon lange und die anderen hatten zwei Neue im Team, von denen sie nicht wussten, was sie können. So, das Training ist vorbei, geht euch bitte umziehen. Kathrin und Kira, ihr wartet bitte kurz auf mich."

Alle laufen in Richtung Umkleiden davon außer wir beide. Was er uns wohl sagen will? Das werden wir ja sehen.

„Ihr zwei habt super gespielt", setzt Sven an. „Wollt ihr nicht fest ins Team?"

Kathrin strahlt und nickt. „Mir hat es sehr gut gefallen."

„Möchtest du gleich das Anmeldeformular mitnehmen?"

„Gerne", ruft sie begeistert und lässt sich von Sven ein Formular in die Hand drücken. Dann stapft auch Kathrin in Richtung Umkleiden davon.

„Und was ist mit dir?" Der Trainer schaut mich an. Er sieht hübsch aus mit seinen blonden Haaren und blauen Augen, wie alt er wohl ist? Nicht älter als zwanzig, oder?

„Ich überlege es mir noch", bringe ich hervor.

„Ja, überleg es dir in Ruhe, aber denk daran, wir haben nur einen Torwart." Er zwinkert mir zu.

„Okay, allerdings mache ich auch noch Karate und damit will ich nicht aufhören."

„Das verstehe ich", gibt Sven zurück.

Wir verlassen das Feld und gehen zu den Umkleiden. Er verschwindet in der Trainerkabine und ich in der der Mädchen. Dass er meine Problematik verstehen kann, ist gut. Damit sind die Chancen größer, dass ich öfter komme.

Ich lasse mir Zeit. Ann-Kathrin und Rebekka sind schon weg und auch Kathrin fährt eben los, da sie zu Hause duscht und sich nicht umgezogen hat.

Als ich aus der Umkleide komme, steht ein Junge in der Nähe, der auf irgendetwas wartet. Ich mustere ihn, er hat braune Haare und braune Augen. Als ich mein Rad aufgeschlossen habe und mich auf den Heimweg mache, spüre ich seine Blicke im Rücken. Doch ich traue mich nicht, mich noch einmal umzudrehen. Wer das wohl ist?

Zu Hause angekommen packe ich meine Sportsachen aus und hänge sie zum Lüften auf. Langsam gehe ich die Treppe hinunter, den Vertrag, den mir Sven vorher gegeben hat, in der Hand.

„Alles okay?", fragt mich meine Mutter. „War es nicht schön?"

„Doch, doch. Sehr schön sogar. Warum?"

„Du machst ein Gesicht, als wärst du einem Gespenst begegnet." Sie lacht.

Schaue ich wirklich so komisch? Klar, ich bin einem Gespenst begegnet, einem superhübschen Jungen. Aber das sage ich ihr nicht. Warum müssen Mütter immer alles bemerken? Ich setze mich an den Tisch und lege das Anmeldeformular neben mich.

„Was ist das?", fragt mein Vater.

„Ein Mitgliedsvertrag", antworte ich gelassen.

„Willst du denn wirklich gleich dem Verein beitreten?" Meine Mutter schaut mich erstaunt an.

„Ich weiß es noch nicht. Sven, das ist der Trainer, hat gemeint, ich solle es mir gut überlegen, sie haben bisher nur einen Torwart und keinen Ersatz. Außerdem meinte er, dass ich gut wäre. Was sagt ihr?"

„Es gibt nur einen Torwart? Das ist aber doof", mischt sich Luk ein.

„Mach es doch", kommt es von Nora. Fragend schaue ich meinen Vater an, der wiederum meine Mutter anblickt. „Warum nicht? Wenn es nur einen Torwart gibt und du gut warst, kann es sein, dass du Ersatztorwart wirst", meint mein Vater.

„Oh ja. Das wäre cool, wenn du kicken würdest. Dann wären wir an den Wochenenden immer auf dem Fußballplatz und könnten dich anfeuern." Luk ist begeistert.

„Und was ist mit Karate?", wirft Mama ein.

„Ich würde trotzdem noch auf Turniere gehen. Wenn ihr nichts dagegen habt."

„Wenn du meinst. Aber die Schule darf nicht vernachlässigt werden. Klar? Wenn du fast jedes Wochenende ein Spiel oder ein Turnier hast ..." Mama klingt nicht gerade glücklich.

„Wenn es mir nicht gefällt, kann ich ja wieder aufhören. Okay?"

Papa hat inzwischen den Vertrag unterschrieben und bekräftigt: „Also, ich habe nichts dagegen. Du, Schatz?" Er schaut Mama an.

„Von mir aus", murmelt sie zögerlich.

„Jippiiiie! Ihr seid die Besten!" Ich stehe auf und umarme die beiden.

Papa reicht mir das Anmeldeformular. „Wann ist denn das erste Spiel?", fragt er belustigt.

„Keine Ahnung." Ich strahle von einem Ohr bis zum anderen.

„Dürfen wir jetzt endlich essen?", quengelt Nora. „Ich hab Hunger!"

„Ja, schlag zu!", fordere ich meine kleine Schwester lachend auf.

Nach dem Essen gehe ich zufrieden in mein Zimmer. Mal sehen, wie das mit dem Fußball so wird und wann das erste Spiel stattfindet. Ich beschließe, noch eine Weile zu lesen, bis ich ins Bett gehe.

# Umzug

Ich gehe ins Bad und ziehe mich an. Es ist Freitag und bald Wochenende. Super! Außerdem ist heute Karatetraining. Ich freue mich.

Schnell laufe ich hinunter ins Esszimmer. „Guten Morgen“ flöte ich.

„Na, du bist heute aber gut drauf!“ Papa schaut hinter seiner Zeitung hervor.

„Klar, heute ist ja auch Karatetraining.“

„Stimmt.“ Mama lächelt mich an.

Luk kommt die Treppe herunter und gähnt. „Guten Morgen.“

„Morgen“, begrüßen wir ihn.

Ich schütte Müsli in meine Schüssel und Milch darüber. Als ich alles verdrückt habe, bringe ich mein Geschirr in die Küche und fülle Heros Napf auf. Ich streichle ihm über sein Fell, bevor ich in meine Jacke und die Turnschuhe schlüpfe.

Ich schnappe mir meinen Ranzen und rufe: „Tschüss“, bevor ich die Türe hinter mir schließe. Langsam gehe ich zur Bushaltestelle. Eigentlich sollte ich mal wieder mit Hero rausgehen, schließlich wollte ich ja einen Hund. Na, heute Mittag habe ich sicher Zeit.

Als ich an der Haltestelle ankomme, muss ich noch fünf Minuten auf den Bus warten. Schließlich steige ich ein, er ist schon ziemlich voll und nur noch wenige Plätze sind frei. Ich lasse mich neben einem Jungen auf den Sitz fallen. Als ich aus dem Fenster schaue, fällt mein Blick auf meinen Sitznachbarn. Komisch, der kommt mir irgendwie bekannt vor. Aber woher? Ach, stimmt, der lehnte doch gestern an dem Fahrradständer, als ich die Umkleide verließ.

Nun steigen Rebekka und Ann-Kathrin ein. „Hi“, begrüßen sie mich.

„Hallo.“ Der Junge schaut mich währenddessen von der Seite an, das spüre ich.

„Was haben wir denn in der ersten Stunde?", fragt Rebekka.

„Ich glaube Englisch", teile ich ihr mit.

Sie stöhnt auf. „Oh nein!"

„Ist doch nicht schlimm, Frau Deichert ist nett", beruhige ich sie.

„Stimmt. Ich dachte an letztes Jahr. Die Lehrerin war wirklich schrecklich."

Der Bus hält und es steigen noch mehr Schüler und Erwachsene zu, die zur Arbeit wollen. Jetzt ist es echt voll und meine Freundinnen müssen ein Stück weiter nach hinten gehen. Ich stöhne auf.

„Was ist?", fragt mich jemand.

Ich erschrecke. Wer war das? Der Junge neben mir. „Es ist ziemlich voll", antworte ich.

„Du hast recht", stimmt er mir zu.

Am Bahnhof wird es wieder leerer, viele Erwachsene steigen aus. Kurze Zeit später hält der Bus an der Schule. Alle drängen sich hinaus. Mein Blick fällt auf den Jungen, der neben mir sitzt. Er sieht wirklich gut aus. Als er in meine Richtung schaut, wende ich schnell den Kopf und stapfe in Richtung Schule davon.

„Hey, warte", ruft jemand. Langsam drehe ich mich um. Rebekka und Ann-Kathrin stehen vor mir.

„Oh, sorry."

„Macht nichts. Hast du den Jungen gesehen, der neben dir saß?", fragt Rebekka.

„Hmmm", brumme ich.

„Der sieht voll süß aus. Findet ihr nicht?", schwärmt sie. „Der hat sicher eine Freundin."

„Kann sein", nuschle ich.

Warum auch nicht? Er sieht wirklich gut aus. Groß, schlank und er hat Muskeln, soweit ich das sehen kann. Ich habe ihn davor noch nie richtig wahrgenommen. Komisch. Eigentlich kenne ich fast alle Gesichter, die mit dem Bus fahren. Oder eben doch nicht alle. Egal.

Wir betreten das Schulhaus und gehen in unser Klassenzimmer. Kathrin ist schon da, ich lasse mich auf den Stuhl neben ihr fallen. „Hallo."

„Hallo", begrüßt sie mich.

Schon betritt Frau Deichert den Raum. „Good morning."

Ich hole schnell meine Englischsachen heraus und konzentriere mich auf den Unterricht.

Es ist Pause und ich gehe mit Kathrin auf den Schulhof. Erst jetzt habe ich so richtig Zeit, um mich mit ihr zu unterhalten.

„Haben deine Eltern den Vertrag unterschrieben?“, fragt sie mich.

Ich nicke mit dem Kopf und beiße von meinem Pausenbrot ab. „Deine?“

„Noch nicht. Ich habe ihn ihnen noch gar nicht gezeigt“, gesteht sie.

„Warum denn nicht? Dir hat das Training doch so gut gefallen“, wundere ich mich.

„Schon, aber …“ Sie macht eine Pause.

„Aber was?“, hake ich nach. Ich habe keine Lust, ihr alles einzeln aus der Nase zu ziehen.

„Meine Eltern haben sich gestritten. Da wollte ich nicht fragen.“

Oh, die Arme. „Warum denn?“, frage ich vorsichtig.

„Wir haben unsere Wohnung nur gemietet und der Besitzer hat allen Hausbewohnern gekündigt.“

„Das heißt, ihr müsst schon wieder umziehen?“ Ich schaue sie traurig an. „Und wohin soll es dann gehen? Wieder nach Bayern?“

„Nein, das geht nicht, wegen der Arbeit meines Vaters“, erklärt sie.

„Warum hat der Vermieter euch denn überhaupt gekündigt? Einfach so?“

„Nee. Das Haus wird abgerissen. Es ist schon alt, und es zu renovieren, lohnt sich nicht.“

„Oh.“ Ich mache ein bedrücktes Gesicht. Ich mag Kathrin gerne und wir verstehen uns gut. Obwohl wir uns noch nicht einmal eine ganze Woche kennen. Ich glaube, wir sind schon Freunde geworden.

„Jetzt müssen wir uns ein neues Haus suchen“, fährt sie fort.

Es klingelt und wir gehen rein. Bei der Vorstellung, dass Kathrin wieder wegziehen könnte, gefriert mir das Blut in den Adern. Och nö. Muss das sein?

In der nächsten Stunde haben wir EWG bei Frau Müller, auch sie ist sehr nett. Trotzdem kann ich mich nicht richtig auf den Unterricht konzentrieren und gemeldet habe ich mich auch nicht. Mist.

Ich versaue mir immer meine Noten, weil ich nicht mitarbeite. Am Ende fragt Frau Müller mich, als alle anderen schon draußen sind: „Ist alles okay? Du warst heute so abwesend.“

„Ja, ja“, antworte ich. Warum müssen die Lehrer immer alles merken?

„Warum sagst du denn im Unterricht nichts? Du weißt doch alles“, bohrt sie weiter.

Woher weiß sie das denn schon wieder? Ich zucke mit den Schultern.

„Melde dich während jeder Stunde einmal. Einverstanden?“

Ich nicke nur und verlasse das Zimmer. Na ja, ich könnte wirklich versuchen, mich in jeder Stunde einmal zu melden, nicht nur bei Frau Müller. Ob es funktioniert, weiß ich nicht. Ich glaube eher nicht. Aber im Moment habe ich wirklich andere Sorgen. Ich laufe zu Kathrin auf den Hof. Sie steht in einer abgelegenen Ecke und isst einen Apfel. „Darf ich mich zu dir stellen?“ Sie nickt.

Nach der Schule geselle ich mich zu Rebekka und Ann-Kathrin. Ich erzähle ihnen die Neuigkeiten von Kathrins Umzug.

„Ist uns doch egal“, meint Rebekka unbeteiligt.

Und Ann-Kathrin fügt hinzu: „Die soll dorthin gehen, wo sie hergekommen ist.“

„Warum das denn?“, frage ich verblüfft. Mit dieser Reaktion habe ich nicht gerechnet.

„Seit sie da ist, hängst du nur noch mit der ab.“

Autsch, das tat weh!

Zum Glück taucht in diesem Moment der gut aussehende Junge auf und Rebekka wechselt das Thema. „Seht mal, da ist er wieder. Er ist so süß“, haucht sie.

Sie hat recht. Aber ich bin sauer auf sie, wie können sie nur so etwas behaupten? Das macht man nicht unter Freunden. Sind wir überhaupt noch Freunde? Tja, das weiß ich nicht so genau.

Der Bus kommt und wir steigen ein. Ich bekomme keinen Platz mehr, aber das ist mir egal. Täusche ich mich oder hat der Junge sich gerade zu mir umgedreht? Wollte er sehen, wo ich bin? Noch einmal wendet er seinen Kopf. Er ist wirklich hübsch. Da muss ich Rebekka schon recht geben.

Nach dem Essen laufe ich in mein Zimmer und erledige meine Hausaufgaben. In Englisch haben wir Vokabeln auf. In Religion und EWG hat uns Frau Müller zum Glück nichts aufgegeben. Die Vokabeln habe ich schnell abgeschrieben. Lernen tue ich sie später.

Anschließend laufe ich hinunter und schnappe mir die Hundeleine. „Hero, komm. Tschüss, Mama, ich gehe mit Hero eine Runde raus“, rufe ich, bevor ich das Haus verlasse. „Na, wohin wollen wir denn laufen?“, richte ich das Wort an meinen Hund. Als Antwort wedelt er mit dem Schwanz. Ich beschließe, den Weg in Richtung Felder einzuschlagen. Darüber wird er sich sicher freuen.

# Vorsicht, Zicken im Anmarsch!

Wieder zu Hause packe ich schnell meine Karatetasche und gehe zu Luk. „Komm, wir müssen los."

„Ja, ich komme."

Gemeinsam laufen wir die Treppe nach unten und ziehen uns an. Dann schnappen wir uns unsere Fahrräder und düsen los. An der Sporthalle angekommen, schließen wir unsere Räder ab und betreten das Gebäude. Wir ziehen uns um und um sechs beginnt schließlich das Training. Als Erstes stellen wir uns in einer Linie auf und die Begrüßung findet statt. Anschließend werden wir in Gruppen aufgeteilt.

„Die Turniergruppe geht zu Isabell, die Erwachsenen zu Uwe und die Kinder zu mir", ordnet Jürgen, der Cheftrainer, an.

Die Kata-Turniergruppe folgt Isi. Kata ist ein Scheinkampf ohne Gegner. Bis jetzt ist alles normal, nur an Isabells Gesichtsausdruck kann ich sehen, dass etwas nicht stimmt.

„Andreas kommt auch gleich", sagt sie. „Wärmt euch schon einmal auf und dehnt euch."

Andreas trainiert eigentlich immer die Kumite-Turniergruppe. Das ist ein Freikampf und somit das Gegenteil von Kata. Hierbei kämpft man gegen einen Gegner, allerdings ohne Berührung. Wenn Andreas sie heute nicht trainiert, heißt das, dass er Isi helfen wird. Wahrscheinlich steht ein Turnier an und sie möchte, dass er mit ihr gemeinsam die Starter auswählt.

Nachdenklich trabe ich meine Aufwärmrunden. Luk läuft neben mir und Sarah, Lena, Fredi, Noah und Johanna hinter uns. Vivian, Steffi und Denise sind auch da, aber die trainieren bei den Kindern. Zum Glück, würden die bei uns mitmachen, wäre der Zusammenhalt unserer Turniergruppe nicht mehr gegeben. Sie sind zwar nicht schlecht, aber sie meinen, dass sie die Besten im Verein sind. Wir werden von ihnen wie kleine Kinder behandelt. Das mögen wir nicht. Deshalb können wir sie nicht ausstehen. Als Andreas auftaucht, hören wir mit dem Laufen auf. Er scheint zu wissen, worum es geht. Ich kann es an seinem Gesichtsausdruck ablesen. Was wohl los ist?

Isabell lässt uns zusammenkommen. „So, ich hoffe, ihr seid warm und habt euch anständig gedehnt." Sie blickt in die Runde und wir nicken. Gedehnt haben wir uns in der kurzen Zeit natürlich nicht so super, aber egal, das muss sie ja nicht wissen. Sie fährt fort. „Es stehen dieses Jahr noch ein paar Turniere an. Außerdem hat Jürgen gemeint, dass ich mir die drei Mädels", sie zeigt in Richtung Zicken, „einmal anschauen sollte. Aus ihnen könnte wohl mal etwas werden."

Ich stöhne auf.

„Ist was?", fragt Isi mich.

„Nein, nein, alles super", versichere ich. Von wegen, gar nichts ist in Ordnung! Diese Zicken sollen bloß nicht zu uns kommen! Ich mache ein betrübtes Gesicht.

„Was ist?", fragt mich Sarah.

„Wenn die zu uns kommen, ist nichts mehr, wie es war", erläutere ich.

„Da hast du recht, ich mag gar nicht daran denken."

„Hey, ihr sollt nicht tratschen. Übt lieber eure Katas. Ich entscheide nachher, wer zum Turnier gehen darf, und nenne euch Ort und Zeit. Also, üben!"

Also übe ich, aber ich weiß nicht, was ich noch besser machen soll. Zum Glück dürfen wir eine Trinkpause machen. Ich habe meine Katas schon oft trainiert und wünsche mir, dass mich jemand verbessert.

Die Kids machen gerade auch eine Pause und Jürgen kommt zu mir. „Alles klar?"

„Nee", brumme ich.

„Was ist?"

„Warum sollen die zu uns kommen?", platze ich heraus.

„Findest du sie nicht gut?", will der Cheftrainer wissen.

„Geht. Wir finden, sie sind angeberisch und sie fühlen sich als etwas Besseres. Sie behandeln uns immer wie kleine Kinder. Außerdem glauben wir, dass sie in der Turniergruppe nur Unruhe stiften würden."

„Na ja, wenn du meinst."

„Ja. Das meinen wir", bekräftige ich.

„Ihr alle? Danke." Er steht auf und geht zu Isi. Zur Bestätigung nicke ich noch einmal mit dem Kopf, keine Ahnung, ob er es gesehen hat.

Hilfe! Na ja, er hat schon oft auf mich gehört, weil er meint, ich hätte ein geschultes Auge. Ich gehe zurück zu den anderen.

Isabell beobachtet gerade die drei Zicken, die in unsere Gruppe wechseln sollen. Ich bin gespannt auf ihre Meinung.

Als sie zurückkommt, meint sie: „Ich weiß gar nicht, was du meinst." Die drei Zicken hat sie im Schlepptau. Auch das noch! Sie werfen uns einen vernichtenden Blick zu.

Das kann ja heiter werden, wenn das schon so beginnt.

„So, jetzt lasst einmal sehen, was ihr könnt", fordert Isi uns alle auf. Nacheinander begutachtet sie gemeinsam mit Andreas unser Können.

„Du musst deine Hand so halten und dein Bein so", sagt Vivian zu mir. Was fällt der ein, mich zu verbessern? Meine Position und meine Technik sind perfekt im Gegensatz zu ihrer. Na ja, perfekt vielleicht noch nicht, aber auf jeden Fall besser als ihre.

„Kommt mal alle her." Die Trainer haben sich alle angeschaut und wir versammeln uns um sie herum. Zum Glück, dann muss ich mir Vivians Korrekturen nicht länger anhören.

„So, wie gesagt, es stehen noch ein paar Turniere an. Nächste Woche Samstag ist ein Newcomerturnier und die Woche drauf auch. Anschließend kommt die LM und noch einmal drei Newcomerturniere", erklärt Isi.

Die Landesmeisterschaft. Wow! Da waren wir noch nie. Das will etwas heißen.

„Ich gebe euch nun die Termine." Isi und Andreas teilen jedem von uns einen Zettel aus.

| Was? | Wann? | Wo? |
|---|---|---|
| Roba-Klostercup | 26.09. | Maulbronn |
| Neckar-Cup | 10.10. | Oberndorf |
| Gedächtnis-Cup | 24.10. | Bruchsal |
| Pliezhausen | 07.11. | Pliezhausen |
| Plattenhard | 21.11. | Plattenhard |
| Landesmeisterschaft | 28.11. | Gaildorf |

So viele Turniere noch? Cool. Zum Glück ist die LM ganz am Schluss. Wenn man dort gewinnt, darf man nämlich nicht mehr auf Newcomerturniere gehen. Und wer weiß, wie wir dort abschneiden. Zu große Hoffnungen mache ich mir aber nicht, da sind nämlich ziemliche Granaten dabei, und zwar nicht wenige.

Heute ist der 18.09. Schon nächste Woche Samstag ist das erste Turnier. Super!

„So, am besten fragt ihr zu Hause, wann ihr Zeit habt." Isi macht eine Pause. „Auf das Turnier in Maulbronn würde ich alle schicken, und je nachdem, wie ihr dort abschneidet, entscheiden wir die Teilnehmerliste für die nächsten Turniere. Okay? Gebt mir bitte per WhatsApp Bescheid."

Alle nicken mit den Köpfen.

„Was ist mit uns?", mault Vivian.

„Ihr startet auch, aber nur in Maulbronn. Verstanden?", antwortet Andreas.

„Ja." Es klingt nicht gerade glücklich. Na ja, von denen lass ich mir die Laune nicht verderben.

„Wie findet ihr es, dass die drei auch starten?", flüstere ich.

„Ganz schön blöd." Lena und Fredi schütteln die Köpfe. Sarah, Noah, Johanna und Luk nicken zustimmend.

Ich höre noch, wie Isabell zu Andreas sagt: „Ob das gut geht? Jürgen hat gesagt, dass sie nicht begeistert waren."

„Du hast recht, sie sehen auch nicht so aus. Aber sie müssen lernen, es zu akzeptieren", antwortet Andreas.

Akzeptieren? Pah! Von wegen! Ich finde die drei Mädchen einfach nur fies, und wenn die Trainer es nicht bemerken, werden sie ja sehen, was passiert. Ich bin mir sicher, dass irgendetwas schiefläuft. Wir müssen nur abwarten und das kann ich gut.

Zum Glück ist Wochenende. Mein Bruder und ich zeigen unseren Eltern den Zettel mit den Turnieren, sie sind einverstanden und notieren die Termine mit Fragezeichen im Kalender. Ich schreibe schnell in unsere WhatsApp Gruppe, dass wir teilnehmen werden. Erledigt!

# Ballrettungsaktion

Es ist Samstagmorgen und ich weiß nicht, was ich machen soll. Schließlich entscheide ich mich, etwas zu lesen und anschließend Vokabeln zu lernen. Wie es wohl mit Kathrins Umzug steht? Ich habe ganz vergessen, Mama und Papa davon zu erzählen. Das mache ich am besten beim Mittagessen.

Kurze Zeit später bin ich völlig in mein Buch vertieft und höre erst das dritte Rufen zum Essen. Ich stöhne auf, natürlich habe ich nun keine Vokabeln gelernt. Na ja, was soll's. Muss ich es eben nachher machen. Schnell gehe ich die Treppe hinunter und setze mich an den Tisch. Es gibt Pizza, lecker. Mir läuft das Wasser im Mund zusammen. Ein großes Stück beiße ich ab, bevor ich meiner Familie von Kathrins bevorstehendem Umzug erzähle und dass sie noch nicht mal wissen, wohin. Meine Eltern hören gespannt zu.

„Oh, das ist aber nicht schön", nuschelt Nora zwischen zwei Bissen hervor.

„Ich weiß", antworte ich. Was sollte es sonst sein?

Mein Vater räuspert sich: „Erst vor Kurzem habe ich einen Artikel in der Zeitung gelesen. Ein Haus in unserer Parallelstraße wird verkauft und bisher ist noch kein Käufer gefunden worden." Er holt den Zeitungsausschnitt hervor und zeigt ihn mir.

Oh, das wäre toll, wenn Kathrin hierher ziehen würde!

Gleich nach dem Essen rufe ich sie an und erzähle ihr die Neuigkeiten.

„Mmh, nicht schlecht. Ich kann mal meine Eltern fragen Aber die interessieren sich gerade für ein anderes Haus bei Heilbronn, glaube ich."

„Okay. Verstehe ich." Nein, so ganz verstehe ich es nicht. Warum Heilbronn? Das ist eine Dreiviertelstunde entfernt. Muss man das verstehen? Gewiss nicht.

„Hmm. Ciao." Und schon hat sie aufgelegt.

Mist! Wenn sie nach Heilbronn zieht, kann sie nicht mehr hier ins Training gehen und ich hab auch keine Lust mehr. „Verflucht." Außerdem habe ich dann eine Freundin verloren, obwohl wir uns doch so gut verstehen und ich mit den anderen Stress habe.

Am späten Nachmittag gehe ich mit Luk raus. Es hilft nichts, im Zimmer zu sitzen und Trübsal zu blasen. Und viele Vokabeln sind es auch nicht, die habe ich schon tausendmal rauf und runter gelernt. Wir schnappen uns unsere Räder und radeln zum Inlinerplatz, um Fußball zu spielen. Niemand ist da, nur auf dem benachbarten Basketballfeld zanken sich ein paar Jungen um einen Ball. Wir haben den Platz für uns alleine.

Wir spielen den Ball gegen eine Rampe, aber er fliegt immer wieder darüber hinaus oder daneben vorbei. Es macht keinen Spaß, andauernd zu laufen, um ihn zu holen.

„Lass uns den Fußball doch gegen die Wand spielen", schlägt Luk vor.

„Gute Idee." Dann kann er nicht mehr daran vorbei- oder darüber hinausfliegen.

Also spielen wir den Ball gegen die Wand. Es klappt einwandfrei, bis ...

„Vorsicht, Auto!", ruft Luk. Er hat Angst, dass der Ball auf die Straße rollt.

Ich hingegen erschrecke und dresche den Ball mit voller Wucht aufs Dach. Mist! Jetzt ist er weg. Nicht mehr zu sehen. Doch da kommt er heruntergerollt und bleibt an einem Schneefanggitter hängen. Warum muss dort auch so ein verflixtes Gitter sein?

Fragend schaue ich Luk an, aber der mault nur: „Na, super, das war unser bester Ball!" Ja, da hat er recht. Jetzt erst lösen wir uns aus unserer Starre. Ich weiß zwar nicht, warum wir wie angewurzelt dastanden, aber wahrscheinlich war es der erste Schock.

Was sollen wir jetzt tun? Die Feuerwehr rufen? Nein, das kostet. Hochklettern? Viel zu gefährlich! Ich streiche den Gedanken. Mir muss etwas Besseres einfallen.

Natürlich können wir auch einen Berg Erde oder Kies aufschütten und hochlaufen. Oder einen Baum daneben einpflanzen und daran hochklettern. Jede Menge fällt mir ein, aber nichts Brauchbares. Es würde alles viel zu lange dauern und danach müsste man es wieder fortschaffen.

Wir lassen uns auf einen Stein fallen. Ich stöhne auf.

„Wie wäre es, wenn wir einen Ball in einen Kartoffelsack stecken und hochwerfen?", fragt Luk plötzlich.

„Der bleibt doch dann auch oben", wende ich ein.

„Wir binden ein Seil dran und ziehen somit beide Bälle runter."

„Wenn du meinst. Aber dafür ist es heute zu spät. Wir kommen morgen wieder", entscheide ich.

Schweren Herzens strampeln wir nach Hause. Nur ungern lasse ich den Ball zurück. Aber was soll ihm passieren? Vielleicht wird er runtergeweht. Nein, dann könnten wir ihn einfach mitnehmen. Jeder andere aber auch.

Beim Abendessen fragt Papa: „Was ist denn euch über die Leber gelaufen?"

Luk erzählt die ganze Geschichte und unsere Idee. Gespannt hören alle zu.

„Das könnte klappen. Aber ich komme mit", sagt Papa streng. Er schimpft nicht einmal, sondern schüttelt nur lachend den Kopf. Oh Mann, so kann man sich täuschen.

Am nächsten Mittag fahren wir mit dem Auto zur Halle. Wir haben Kartoffelsäcke, Seile und Bälle dabei. Hoffentlich klappt es. Mir ist nicht ganz wohl bei der ganzen Sache. Nora steckt den ersten Ball in einen Sack. Papa knotet das Seil fest.

„So, jetzt schieß ihn mal hoch." Er hält mir den Ball hin.

Ich versuche es ein paarmal, aber es klappt nicht. Wie habe ich das bloß gestern geschafft?

„Warte, ich versuche, ihn hochzuwerfen." Papa nimmt mir das Geschoss aus der Hand.

Doch der Ball hat zu wenig Luft und eiert nur durch die Gegend. Wir haben ein altes Exemplar genommen, falls etwas schiefgeht, das wir nun aus dem Sack holen und aufzupumpen versuchen. Allerdings klappt es nicht.

Schließlich nehmen wir einen anderen Ball. Papa wirft ihn aufs Dach, aber wegen des Gitters lässt das Geschoss sich nicht zum anderen bewegen. Immer bleibt das Seil hängen. Also ziehe ich den Ball wieder herunter. Noch einmal von vorne.

Nach dem vierten Versuch endlich gelingt es meinem Vater, den Ball hinter dem anderen zu platzieren. Ich ziehe vorsichtig am Seil und unser Ball flutscht herunter. Der Kartoffelsack hingegen bleibt hängen. Mit voller Wucht ziehe ich, bis auch dieses Spielgerät samt Netz schließlich unten ist. Geschafft!

Schnell räumen wir die mitgebrachten Utensilien wieder ins Auto. Das Netz entsorgen wir, es ist völlig kaputt.

Wieder zu Hause erzählen wir Mama von der Rettungsaktion.

„Jetzt müssen wir nicht mehr die Feuerwehr rufen“, seufze ich erleichtert auf.

Mama lacht. „Könntest du noch eine Runde mit Hero drehen? Aber schieße ihn bitte nicht aufs Dach.“

„Haha, sehr witzig. Ja, mache ich gerne“, entgegne ich.

Ich schnappe mir die Hundeleine und rufe ihn. Schon ist Hero da. Schnell ziehe ich mich an und überlege, wohin wir gehen sollen. Am besten in Richtung Felder. Dorthin geht er am liebsten. Außerdem trifft er dort vielleicht seine Hundefreunde. Wer weiß, ob die nicht auch gerade draußen sind.

Als ich wieder zu Hause bin, gibt es Kaffee und Kuchen. Oma und unsere Tante sind da. Ich setze mich dazu und nehme mir ein Stück Kirschkuchen. „Hallo“, begrüße ich sie.

„Bist aber schnell gewesen“, stellt Mama fest.

„Nö“, erwidere ich, „wir waren eine ganze Stunde draußen. Ist das etwa zu wenig?“

„Oh, so lange. Wo ist denn die Zeit abgeblieben?“ Mama schaut erschrocken auf die Uhr.

„Keine Ahnung“, gebe ich zu. Die Zeit ist wirklich ziemlich schnell rumgegangen.

„Na, wenn das so ist, dann ist es völlig in Ordnung“, entschuldigt sich Mama bei mir.

Na also, ich wusste es doch. Wo sind eigentlich Luk und Nora? Ah, da, sie kommen mit Papa die Treppe herunter.

„Hallo“, begrüßen sie unsere Tante Susanne und Oma.

„Hallo“, entgegnen diese, „setzt euch.“

Sie setzen sich also zu uns und nehmen sich ein Stück Kuchen. Papa schenkt sich außerdem Kaffee ein. Es ist so gemütlich. Bis Oma und Tante Susanne sich verabschieden, weil sie gehen müssen.

Was mache ich denn jetzt? Meinen Ranzen muss ich noch packen und meine Fußballsachen für morgen auch.

Ich gehe in mein Zimmer und werfe mich aufs Bett. War das ein schöner Tag!

Schnell packe ich meine Sachen und laufe wieder hinunter. „Kann ich dir etwas helfen?", frage ich Mama in der Küche.

„Ja, gerne. Du kannst mit mir das Abendbrot richten."

Ja, das mache ich gerne. Ich nicke und decke den Tisch. Anschließend wasche ich Tomaten, Paprika, Karotten und Äpfel, schnipple sie klein und lege sie auf Teller. Dann trage ich alles hinaus. In der Zwischenzeit hat Mama das Brot geschnitten und Wurst und Käse ausgepackt.

„So", sagt sie, „wenn du mir hilfst, geht es viel schneller."

Damit hat sie recht, wir haben eine knappe halbe Stunde gebraucht. Wirklich schnell.

„Luk, Nora, Papa", rufe ich. „Essen!"

Schon kommen sie die Treppe herunter beziehungsweise herauf. Wir setzen uns an den Tisch und fangen an. Lecker!

# Eine gute Wendung?

Ich gähne, die Sonne blendet mich und der Wecker hat schon geklingelt. Ich rekele mich aus dem Bett und ziehe mich an. Herrlich ist das Wetter draußen. Schnell frühstücke ich und mache mich auf den Weg. An der Bushaltestelle angekommen ist niemand da, so früh bin ich dran. Na ja, macht nichts. Die Vögel zwitschern schon. Es ist richtiges Sommerwetter, obwohl bald Herbst ist. Schade, dann wird es kühler, aber das macht nichts. Hoffentlich kann man trotzdem noch mit dem Rad ins Training fahren. Wenn Schnee liegt, geht das nicht mehr.

Der Bus kommt und ich steige ein. An der nächsten Haltestelle kommen wie immer Ann-Kathrin und Rebekka herein.

„Hallo“, begrüßen sie mich.

„Hallo.“ Ich winke ihnen zu.

„Heute haben wir zehn Stunden.“ Rebekka stöhnt auf und lässt sich neben mich auf den Sitz fallen. Ich konnte gerade noch einen Zweier ergattern.

„Das macht doch nichts. Mathe ist toll und Englisch auch. Genauso wie EWG, NWA und Sport. Nur Musik ist grenzwertig“, antworte ich.

Mathe ist mein Lieblingsfach. Englisch, EWG und NWA sind tatsächlich auch nicht schlimm. In Sport ist der einzige Trost, dass wir Frau Müller haben. Aber Musik mag ich echt nicht.

Der Bus hält und wir steigen aus. Zusammen laufen wir ins Schulgebäude. Kathrin ist schon da und ruft mir ein freudiges „Hallo“ entgegen. Ich begrüße sie ebenfalls, doch zu mehr reicht die Zeit nicht, denn schon kommt Herr Widmaier um die Ecke. Mathe! Super!

Es ist Pause und wir gehen auf den Hof. Die Sonne scheint immer noch und es ist herrlich warm. Das Wetter würde genau zu meiner

Stimmung passen, wäre da nicht Kathrins Umzug, der mir auf den Magen schlägt.

„Wie steht es mit eurem Umzug?“, frage ich sie deshalb vorsichtig.

„Mama und Papa wollen heute das Haus in der Nähe von Heilbronn anschauen. Dort gibt es eine freie Wohnung. Anschließend fahren sie nach Löchgau und besichtigen das Haus, von dem du gesprochen hast, falls die Zeit noch reicht. Angerufen haben sie noch nicht. Also gehe ich nicht davon aus, dass es heute etwas wird.“ Sie zwinkert mir zu.

„Das ist ja toll! Wie konntest du sie überreden?“, frage ich aufgeregt.

„Na ja. Ich habe gesagt, dass du in der Nähe wohnst und wir uns so öfter treffen könnten. Wenn ich schon so schnell eine Freundin gefunden habe, wollen sie nicht, dass wir wieder auseinandergerissen werden. Außerdem kann ich dann mit dem Fahrrad ins Training fahren. Und beide Argumente fanden sie gut“, berichtet Kathrin. „Mal sehen.“

„Hoffentlich klappt es. Ich drücke beide Daumen.“

Es gongt. Gemeinsam betreten wir das Schulhaus. Kaum sind wir im Klassenzimmer angelangt, kommt auch schon Frau Deichert herein. „Good morning.“

Die Englischstunde ist schnell vorbei, genauso wie EWG. Nach NWA ist Mittagspause.

Gemeinsam mit Kathrin laufe ich in die Aula. „Wohin wollen wir gehen?“, frage ich.

„Gehen wir zum Aldi?“, schlägt sie vor.

Ich stimme zu und wir steuern den Supermarkt an, um uns eine Brezel und einen Salat zu kaufen. Danach gehen wir in die Schule zurück. Wir unterhalten uns noch über dieses und jenes, bis es zum Unterricht klingelt.

Wir schlendern zum Musiksaal und warten auf die Lehrerin, doch diese kommt nicht. Nach einer Viertelstunde beschließen Kathrin und ich, zum Sekretariat zu gehen und nachzufragen.

„Hallo, wo ist Frau Fritz?“, will Kathrin wissen, als wir dort eingetroffen sind.

Die Sekretärin schaut uns verwundert an. „Die ist doch krank.“

„Echt?" Ich bin erstaunt. „Es stand nichts auf dem Vertretungsplan."

„Oh, dann wurde es vergessen." Die Dame schaut uns erschrocken an.

„Heißt das, dass wir jetzt freihaben?", hake ich vorsichtig nach.

„Ja, aber ihr habt noch Sport", ermahnt sie uns.

„Okay. Danke." Wir verlassen das Sekretariat und gehen hinunter zum Musiksaal.

„Wir haben keinen Unterricht, Frau Fritz ist krank", verkündet Kathrin unseren Klassenkameraden.

Alle jubeln und laufen auseinander.

Kathrin und ich beschließen, in die Aula zu gehen. Schnell ist die Zeit vorbei und wir machen uns auf den Weg zur Sporthalle. Wir betreten die Umkleiden und ziehen uns um. Danach gehen wir in die Halle. Frau Müller begrüßt uns und erläutert den Ablauf der Sportstunde. Als Erstes besprechen wir die Regeln und anschließend spielen wir ein Spiel. Im Nu ist die Zeit verflogen und wir finden uns in der Kabine wieder. Ausnahmsweise hat Sport einmal so richtig Spaß gemacht. Was ich sonst nicht behaupten kann. Aber wir werden sehen, wie der Sportunterricht bei Frau Müller weitergeht.

Ich strahle und verabschiede mich von Kathrin. „Ciao, bis nachher." Ich winke ihr zu und sie winkt zurück.

Langsam mache ich mich auf den Weg zur Bushaltestelle. Vor der Schule fährt um diese Zeit kein Bus mehr ab, deshalb muss ich zur Oberamteigasse gehen. Ich bin erst um kurz vor sechs zu Hause, so ein Mist! Gleich beginnt das Training. Bloß nicht zu spät kommen.

Ich schüttle den Kopf, wenn das immer so ist, kann ich es vergessen. Dann komme ich nämlich um kurz vor sechs heim und muss sofort wieder los, damit ich nicht zu spät komme. Da bleibt nicht mal Zeit, um was zu essen. Danach habe ich auch noch Hausaufgaben. Aber die kann ich zur Not auch morgen in der Schule machen, da hab ich erst zur dritten Stunde. Das ist der einzige Vorteil an der ganzen Sache.

Ich stelle meinen Ranzen im Flur ab, schnappe mir meine Sporttasche, die schon bereit steht, und rufe: „Hallo Mama und tschüss! Bis nachher."

Ich schließe die Tür hinter mir, haste zu meinem Rad und spurte los. Wenn ich nicht zu spät kommen will, muss ich mich jetzt wirklich beeilen, das Training beginnt in fünf Minuten und umziehen muss ich mich auch noch. Mist! Ich rase durch die Straßen.

Nachdem ich schließlich mein Rad abgeschlossen habe, stürme ich in die Umkleide. Niemand mehr da. Na toll! Kein Wunder, die sind schon alle auf dem Platz. In Windeseile ziehe ich mich um und renne ebenfalls auf das Trainingsgelände. Außer Puste komme ich dort an. Kathrin ist schon da, sie wurde von der Schule abgeholt und direkt hierher gefahren, nach einem kurzen Abstecher heimwärts versteht sich. Aber Ann-Kathrin und Rebekka wurden, soweit ich weiß, nicht abgeholt. Oder doch? Wie wären sie sonst so schnell hier gewesen? Im Bus waren sie jedenfalls nicht. Da bin ich mir ganz sicher.

„Da bist du ja endlich!", zischt Kathrin mir zu.

„Sorry", murmele ich nur. Ann-Kathrin und Rebekka würdigen mich keines Blickes, komisch.

„Auch endlich da?", fragt Sven. „Ich kann es nicht leiden, wenn jemand zu spät kommt." Er sieht wütend aus. Oh nein, nicht auch noch das. Er lässt die anderen um den Platz laufen und nimmt mich beiseite. „So kann das nicht sein. Du kannst nicht immer zu spät kommen", meint er.

„Tut mir leid, aber es war doch erst einmal." Schnell schildere ich ihm die Situation.

Er nickt. „Das verstehe ich, aber Ann-Kathrin und Rebekka sind pünktlich gewesen und wohnen auch in Löchgau. Genau wie Kathrin."

„Ich weiß, Kathrin wurde abgeholt und die beiden anderen wohl auch."

„Dann fahr doch bei ihnen mit", schlägt Sven vor.

Ich lege den Kopf schief. „Ich weiß nicht, ob sie darüber so glücklich sind."

„Du bist ja ganz verschwitzt", stellt er plötzlich fest.

„Hmm, ich bin mit dem Rad hergerast."

„Na, wenn das so ist, macht es nichts aus, dass du zu spät kommst." Ich schaue ihn fragend an. „Ja, dann bist du schon aufgewärmt und wir können gleich loslegen, wenn du kommst, und müssen nicht warten. Einverstanden?"

„Ja", antworte ich. Zum Glück scheint er nicht sauer zu sein.

„Noch etwas", setzt er an, „Luca hat sich den Arm gebrochen. Sie ist vom Rad gestürzt."

„Luca?", frage ich. „Ist sie nicht Torwart?"

„Ja, genau." Er macht eine Pause. „Ich wollte dich fragen, ob du nicht für sie spielen könntest."

Erstaunt schaue ich ihn an. Was? Ich soll spielen? „Ähm ... ja klar", stottere ich. Aber ich bin doch sicher noch lange nicht so gut wie Luca.

„Super. Da wäre nur ein Haken."

„Welcher denn?" Jetzt wird mir doch etwas mulmig.

„Du müsstest Mitglied werden."

Der Mitgliedsvertrag, den habe ich ganz vergessen. Ich schlage mir mit der Hand gegen die Stirn. Der liegt noch in meiner Tasche. „Ich habe das Formular dabei. Wegen der Hektik habe ich es aber in meiner Tasche vergessen und die liegt in der Umkleide." Ich schaue ihn unsicher an.

„Na, dann hol ihn doch schnell. So bist du gleich wieder warm und musst nicht mehr um den Platz laufen." Er strahlt mich aufmunternd an.

Ich laufe also los und wenig später bin ich mit dem Vertrag zurück. „Hier", rufe ich schon von Weitem.

Die anderen dürfen aufhören zu laufen und Sven verkündet die freudige Nachricht, dass Kathrin und ich jetzt auch Mitglieder sind. Scheinbar konnte Kathrin ihre Eltern überzeugen und sie werden doch nicht nach Heilbronn ziehen. Denn dann hätten sie wohl nicht einfach unterschrieben. Vorteil für mich. Super.

Danach berichtet Sven der Mannschaft, dass Luca sich den Arm gebrochen hat und ich einspringen werde. Ann-Kathrin und Rebekka scheinen nicht gerade glücklich darüber zu sein.

Nach dem Training komme ich endlich dazu, mit ihnen zu reden. „Hi", spreche ich sie an, nachdem ich zu ihnen geschlendert bin.

„Hallo", brummen sie nur missmutig.

„Alles okay?", will ich wissen.

„Nein“, schleudert mir Rebekka entgegen.

„Was ist denn?“ Fassungslos starre ich meine Freundinnen an.

„Seit die Zicke da ist, hängst du nur noch mit der ab“, mosert Ann-Kathrin.

„Welche Zicke?“, frage ich begriffsstutzig. Wen meinen die?

„Na, Kathrin, wer denn sonst?“, antwortet Rebekka barsch.

Was haben die beiden bloß gegen sie? Ich kann es nicht verstehen und lasse ein verwirrtes „Die?“ ertönen.

„Ja, genau die.“

Irritiert bleibe ich stehen. Wie ist das nur möglich? Die beiden laufen weiter, ohne auf mich zu warten. Mist!

Kathrin tritt von hinten an mich heran. „Alles in Ordnung?“ Ich nicke nur stumm. „Weißt du was?“

„Was denn?“ Ich habe keine Ahnung, worauf sie hinauswill.

„Ich habe eine gute Nachricht für dich.“

„Welche?“ Müssen sie mich denn alle verwirren? Scheint, als hätten sie sich abgesprochen.

„Papa und Mama haben die Wohnung in Heilbronn angeschaut und waren nicht begeistert.“

„Warum denn nicht?“ Ich glaube, die Verblüffung steht mir ins Gesicht geschrieben. Egal, hoffentlich merkt es niemand.

„Erstens ist sie zu klein, zweitens schimmeln die Wände und drittens gibt es keinen Garten.“

„Oh“, entfährt es mir.

„Sie haben dafür die Nummer angerufen, die du mir gegeben hast, und schauen sich das Haus morgen an. Heute hat es nicht mehr gereicht“, entgegnet Kathrin.

„Das ist ja toll!“, rufe ich begeistert. „Ich drücke die Daumen.“

„Danke.“ Sie strahlt mich an.

Gemeinsam laufen wir zu den Umkleiden und ziehen uns um. Dann radele ich nach Hause.

# Alles nur ein Zufall?

Unsanft reißt mich mein Wecker aus den Träumen. Ich fahre hoch und schalte ihn aus. Schnell ziehe ich mich an und gehe die Treppe hinunter.

An der Bushaltestelle angekommen ist noch keiner da. Ich bin viel zu früh. Ich stöhne auf und lasse mich auf die Bank fallen. Was nur mit Ann-Kathrin und Rebekka los ist? Warum sind sie auf mich sauer? Wirklich nur, weil ich mit Kathrin befreundet bin? Keine Ahnung. Ich stöhne noch einmal.

Da kommt der Bus, ich steige ein und lasse mich auf den erstbesten Platz fallen. Ich habe keine Lust, nachher neben einer meiner zickigen Freundinnen zu sitzen. Also hocke ich mich neben irgendjemanden. Irgendwie kommt mir der aber bekannt vor. Seltsam.

Ich schaue durch das Fenster vorne hinaus. Der Bus biegt um die Ecke und schon ist die nächste Haltestelle in Sicht. Die beiden steigen ein. Sie scheinen nicht mehr sauer auf mich zu sein, aber Rebekka starrt mich fassungslos an. Was hat sie denn? Sehe ich so schrecklich aus? Habe ich noch den Schlafanzug an? Ich schaue an mir herunter. Alles ganz normal. Danach beäugt sie den, der neben mir sitzt. Was ist denn?

Erst jetzt schaue ich meinen Sitznachbarn genauer an. Hilfe! Ich habe mich neben dem Jungen niedergelassen, der so gut aussieht, wie alle finden. Auch das noch. Kein Wunder, dass Rebekka mich so angestarrt hat. Mist! Was die jetzt denkt, will ich nicht wissen.

Als ich aus dem Bus steige, kommt sie sogleich auf mich zugestürmt. „Warum saßt du neben dem Jungen?“

„Warum nicht?“, entgegne ich achselzuckend. „Ist was dabei?“

„Ja, allerdings. Du hättest einen Platz für uns freihalten können, anstatt dich neben diesen Typen zu pflanzen. Sag bloß, du hast dich verliebt!“

„Nein, wie kommst du darauf?“ Ich starre sie irritiert an.

„Weil du dich neben ihn gesetzt hast." Sie macht eine Pause. „Außerdem würde er dich sowieso nicht mögen."

Ich schaue sie fragend an. Nur weil ich mich neben ihn setze, heißt es nicht gleich, dass ich verliebt bin. Oder?

„Du bist doch megahässlich!" Mit diesen Worten lässt sie mich stehen.

Autsch, das tut weh! Bin ich wirklich so hässlich? Oder ist Rebekka einfach nur sauer auf mich? Was hab ich bloß getan.

Langsam betrete ich das Schulgebäude, wo mir Kathrin entgegenkommt. „Du bist schon da?", frage ich ungläubig.

„Ja, nachdem du gestern so komisch reagiert hast, dachte ich mir, dass etwas nicht stimmt, und wollte früher kommen. Alles okay? Du schaust so verstört. Was ist passiert?" Sie mustert mich von oben bis unten.

Ich lasse mich auf die Bank neben sie fallen und erzähle ihr von dem Zusammentreffen mit Ann-Kathrin und Rebekka. Einfach alles. Ich habe das Gefühl, sie versteht mich. Obwohl wir uns noch nicht lange kennen, fühlt es sich an, als wären wir schon ewig eng miteinander befreundet.

„Wow, das ist ja ein Ding!" Sie stößt die angehaltene Luft aus.

Ich nicke nur. Danach erzähle ich ihr von dem Gespräch nach dem gestrigen Training und dass ich seit den Sommerferien nur noch eine Nebenrolle spiele. Sie stöhnt auf und sagt nichts. Klar, jetzt weiß Kathrin, dass die anderen beiden sie nicht mögen. War das ein Fehler von mir? Hoffentlich nicht. Nicht, dass sie mich jetzt nicht mehr mag.

„Die sind nur neidisch", kommentiert sie die Vorfälle.

„Neidisch? Auf mich? Warum das denn?" Ungläubig starre ich Kathrin an.

„Na ja, zunächst mal bist du gleich Torwart geworden und außerdem bist du heute Morgen neben dem superhübschen Jungen gesessen. Du hast eine neue Freundin und die beiden sind dir nicht mehr so wichtig wie früher. Sie können sich jetzt nicht mehr darüber freuen, dass du ihnen überallhin nachläufst. Weil du das nicht nötig hast."

„Findest du den Jungen auch hübsch?", werfe ich ein.

„Ja, warum denn nicht? Da ist doch nichts dabei. Oder?“

Lange blicke ich sie an und überlege. Sie könnte recht haben. Und dabei war alles nur ein Zufall. Na super!

Wir unterhalten uns noch eine Weile über dies und jenes, als Kathrin plötzlich sagt: „Hoffentlich ist das Haus heute etwas, damit wir bald einziehen können. Unser Zuhause wird nämlich schon nächste Woche abgerissen.“

„Schon?“ Ich schaue sie erschrocken an.

„Hmm“, brummt sie betrübt.

Es klingelt und wir schließen uns dem Schülerstrom in Richtung Klassenzimmer an.

Der Vormittag ist regelrecht an mir vorbeigerauscht. Ich war die ganze Zeit wie benebelt. Durch den bevorstehenden Umzug von Kathrin und durch den Streit mit Rebekka und Ann-Kathrin. Obwohl, war es überhaupt ein Streit? Oder sind wir blöderweise nur aneinandergeraten. Was ist es überhaupt?

Der Nachmittagsunterricht ist auch vorüber. Französisch ist ganz okay, aber in der Mittagsschule ist es einfach nur schlimm. Da kann man sich nicht richtig konzentrieren.

Ich sitze an meinem Schreibtisch und mache Hausaufgaben, anschließend gehe ich hinaus in den Garten. Beim Hinuntergehen fällt mein Blick auf meine Sporttasche, aus der ein Zettel herauslugt. Ups, das habe ich ja ganz vergessen! Ich habe von Sven einen Plan mit den nächsten Spieltagen bekommen. Schnell hole ich ihn aus der Tasche und nehme ihn mit. Beim Abendessen zeige ich ihn dann Mama und Papa.

„Ich habe die Termine der nächsten Spieltage bekommen“, erwähne ich nebenbei.

„Wirklich? Zeig mal her.“ Mein Vater ist ganz neugierig. Wie ein kleines Kind. Ich gebe ihm den Zettel und er liest ihn aufmerksam durch.

| Gegen? | Wann? | Wo? |
|---|---|---|
| Kleinglattbach | 27.09.2015 | Löchgau im Tor steht Kira. In der Abwehr Julia, Leonie und Marie. Ins Mittelfeld gehen Kathrin, Selin, Christin und Nele und in den Sturm stelle ich Michelle, Luci und Jasmin |
| Freudental | 18.10.2015 | verrückter Schiri |
| Besigheim | 25.10.2015 | 0:1 Sieg |
| Bietigheim | 08.11.2015 | Löchgau |
| Erligheim | 22.11.2015 | Erligheim |
| Walheim | 29.11.2015 | Walheim |
| Ensingen | 06.12.2015 | Löchgau |

„Noch so viele?“, fragt er erstaunt.

„Scheint so.“ Ich zucke mit den Schultern.

„Du bist aber noch nicht so fest in der Mannschaft, dass du an Spieltagen teilnimmst, oder?“, fragt Mama.

„Doch“, erwidere ich.

„Was?“ Sie verschluckt sich an ihrem Brot und schaut mich erschrocken an. „Schon?“

„Ja, Luca, die sonst Torwart ist, hat sich den Arm gebrochen und kann nicht spielen.“

„Oh, die Arme“, ruft Nora.

Papa ist aufgestanden und trägt die Termine in den Kalender ein. Er hat scheinbar nichts dagegen.

„Aber die Schule darf nicht darunter leiden, sonst musst du aufhören. Klar?“, schärft Mama mir ein.

Als ob ich das nicht selber wüsste! Ich nicke nur mit dem Kopf und esse mein Brot auf. Anschließend gehe ich in mein Zimmer, um zu lesen. Immer steht die Schule im Vordergrund. Na ja, mir ist sie auch wichtig, vor allem die guten Noten.

# Karate und Zicken passen nicht zusammen

Ich schwinge mich auf mein Fahrrad und radele neben Luk her. Es ist Mittwochnachmittag und wir haben gleich Karatetraining. Wir fahren zur Schulsporthalle und schließen die Räder ab. Dann betrete ich die Umkleide. Es ist noch keiner da.

„Komisch", denke ich. Sind wir so früh dran? Na, egal.

Schnell ziehe ich mich um, als auch schon die anderen im Anmarsch sind. Nacheinander kommen Sarah, Fredi, Lena und Johanna in die Umkleide gestürmt. Ich warte, bis alle fertig sind und wir gemeinsam in die Halle gehen können. Um punkt fünf Uhr ist Aufstellung und wir werden in Gruppen eingeteilt.

„Hallo", begrüßt uns Jürgen. „So, Isabell hat euch in Maulbronn angemeldet. Wir wollen heute noch einmal so richtig Gas geben, okay?"

„Oss", antworten wir im Chor. Das Wort wird im Karate als Bekräftigung benutzt oder auch als Höflichkeitsformel.

Leider sind erneut Vivian, Steffi und Denise bei uns. Aber von denen lasse ich mir nicht die Laune verderben, beschließe ich.

Wir hüpfen auf der Stelle. Einmal die Beine vor, zurück, über Kreuz ... Dann machen wir den Hampelmann. Anschließend gehen wir zu zweit zusammen und machen Konditions- und Geschicklichkeitsübungen. Danach soll jeder seine Kata üben. Vivian und Denise schwatzen miteinander und müssen deswegen zehn Liegestütze machen. Geschieht ihnen recht.

Als Jürgen bei mir vorbeikommt, ist er mit mir voll und ganz zufrieden. Genau wie ich mit mir selbst, es klappt einfach alles. Das ist gut. Ich vollführe hintereinander meine verschiedenen Katas. Währenddessen achte ich genau auf meine Stellungen und Techniken. Alles muss stimmen. Außerdem übe ich das Timing. Und die Schnelligkeit und Kraft müssen ebenfalls richtig eingesetzt werden.

Nach der Stunde haben wir eine kurze Pause, bis das Erwachsenentraining weitergeht, bei dem wir von der Turniergruppe teilnehmen dürfen. Das finde ich schön, denn da lernt man immer sehr viel.

Isabell kommt zu uns und begrüßt uns: „Na, alle fit?"

„Ja", antworte ich. Die anderen nicken zustimmend.

„Mit denen würde ich mich lieber nicht unterhalten", faucht Vivian im Vorbeilaufen, „die sind so megaschlecht." Sie grinst unverschämt und geht weiter.

Was bildet die sich ein?

„Das werden wir am Samstag sehen. Ihr startet in der gleichen Altersklasse", erwidert Isi ungerührt.

„Auch das noch! Ihr könnt euch schon mal verstecken", sagt Vivian noch, ehe sie verschwunden ist.

Verstecken vor der? Nö, das mach ich nicht. Sie ist es, die einpacken kann.

„Was war das denn jetzt?", fragt Isi verdutzt. So scheint sie die Zicken nicht zu kennen.

„So sind die immer", antworte ich trocken.

„Echt? Das wusste ich nicht." Isabell blickt noch irritierter drein, fast schon erschrocken.

„Jetzt weißt du es. Außerdem habe ich es dir gesagt. Aber du wolltest ja nicht hören", merke ich an.

„Was machst du jetzt?", mischt Sarah sich ein.

„Keine Ahnung. Wahrscheinlich lasse ich sie einfach mal in Maulbronn starten und sage dann, dass sie nicht gut genug sind. Natürlich müsst ihr sie schlagen. Aber in die Turniergruppe kommen die auf keinen Fall. Die zerstören ja alles." Isi seufzt.

Zum Glück sieht sie es ein. Die Zicken würden wirklich alles kaputt machen. Alles ...

Auch die nächste Stunde ist schnell vorbei. Wir machen Partnerübungen und anschließend noch eine Kata.

Nachdem ich mit Luk nach Hause gekommen bin, springe ich unter die Dusche und wenig später finde ich mich am Esstisch wieder. Die Dusche hat gutgetan, war richtig erfrischend. Jetzt spüre ich meine Lebensgeister zurückkommen.

Nach dem Essen verschwinde ich in meinem Zimmer. Ich bin

müde. Kein Wunder! Wann habe ich denn das letzte Mal so viel Sport gemacht? Keine Ahnung. Auf jeden Fall habe ich jeden Montag Schulsport und anschließend muss ich zum Fußball sprinten. Am Dienstag habe ich dafür keinen Sport, es sei denn, ich würde auch an diesem Tag zum Karate gehen. Aber das kommt nicht infrage. Höchstens vor der LM mal, aber sonst ... nee! Mittwochs habe ich wieder zwei Stunden Karate, donnerstags Fußball und freitags wieder Karate. Oh Mann, da bleibt mir ja gar keine Zeit mehr für meine Freunde ... Ach, was soll's. Das gibt sich bestimmt schnell wieder. Oder doch nicht?

Ich hab zudem ja fast jeden Samstag und Sonntag ein Spiel oder ein Turnier. Zum Glück bin ich kein Feldspieler, da müsste ich noch mehr laufen. Es ist so schon anstrengend genug.

Ich lasse mich ins Bett fallen und schlafe sofort ein.

# Training ohne Freundinnen

Ich sitze im Klassenzimmer, wir haben jetzt zwei Stunden Deutsch und anschließend eine NWA. Kathrin ist noch nicht da, komisch. Aber wenig später schlüpft sie gerade noch so vor dem Gong ins Zimmer.

„Hallo", flüstert sie außer Atem.

Prompt biegt nun Frau Füller um die Ecke und begrüßt uns mit einem freundlichen „Guten Morgen, 7b". Auch sie ist eine junge, nette Lehrerin.

Ich muss schon sagen, dieses Jahr haben wir wirklich Glück mit den Lehrern. Und in diesem Fall passt der Name perfekt zum Fach Deutsch.

„So, dann wollen wir mal. Unser erstes Thema ist Diktat und Grammatik", beginnt sie den Unterricht.

Ich stöhne auf. Nee, oder? Ich bin nicht gut in Rechtschreibung, dafür aber super in Grammatik. Ich hasse Diktate und alles, was damit zusammenhängt. Rechtschreibung ist zwar wichtig, aber vieles wird doch sowieso am Computer geschrieben und darauf gibt es Rechtschreibprogramme. Warum dann also ein Diktat? Außerdem wird das immer so streng bewertet.

Nach der Stunde gehe ich mit Kathrin auf den Pausenhof. „Und wie hat deinen Eltern das Haus gefallen?", frage ich als Erstes.

„Ganz gut. Es hat einen schönen Garten und ist ziemlich groß", antwortet sie knapp.

„Alles okay?", frage ich vorsichtig nach.

„Ja, ja. Warum?"

„Das glaube ich dir nicht." Forschend schaue ich sie an.

„Du hast recht." Sie stöhnt auf. „Unser Haus wird noch früher abgerissen. Deshalb müssen wir jetzt schon wie wild packen."

„Was? Warum denn? Ist das überhaupt erlaubt?", rufe ich entrüstet.

„Keine Ahnung, der Besitzer scheint es eilig zu haben, uns loszuwerden."

„Seid ihr denn die Einzigen?", frage ich erstaunt.

„Ja, die anderen sind schon alle weggezogen. Die haben wohl früher Bescheid bekommen. Wir haben die ganze Nacht hindurch gepackt, weil wir morgen rausmüssen. Da rücken die Bagger an." Sie rollt mit den Augen.

Irgendwie finde ich es unverschämt, so kurzfristig Bescheid zu sagen, dass das Haus, in dem man wohnt, abgerissen wird. Warum durfte Kathrins Familie denn dann überhaupt einziehen? Da ist bestimmt etwas faul.

Erst jetzt fällt mir auf, dass sie dunkle Augenringe hat und ziemlich unausgeschlafen aussieht. „Du Arme." Darauf gähnt Kathrin nur.

Wir betreten das Schulgebäude wieder und der restliche Vormittag rauscht an uns vorüber. Ich kann nicht sagen warum, aber es ist so. Wahrscheinlich bin ich in Gedanken woanders.

Soll ich heute überhaupt ins Training gehen? Kathrin hat gerade angerufen und gesagt, dass sie nicht komme. Sie muss weiterpacken, während ihre Eltern sich noch einmal das Haus ansehen und es anschließend kaufen wollen. Das einzige Gute ist, dass Kathrin ab morgen nur eine Straße weiter wohnt und wir uns oft besuchen können.

Aber so schnell funktioniert ein Umzug doch nicht. Das muss man wochenlang im Voraus planen. Oder?

Ich beschließe, trotzdem ins Training zu gehen. Schließlich sind wir eine Mannschaft und ein bisschen Übung kann mir nicht schaden, damit ich beim ersten Spiel nicht gleich jeden Ball ins Tor lasse. Oh Mann, das ist ja schon diesen Sonntag. Da muss ich schauen, dass ich mich nicht blamiere.

Ich packe meine Tasche und radele los. Unbemerkt schlüpfe ich in die Umkleide und ziehe mich um. Ann-Kathrin und Rebekka sind noch nicht da. Komisch.

Ich laufe auf den Platz und um Punkt sechs Uhr beginnt das Training.

„Hallo“, begrüßt uns Sven, „heute sind wir leider weniger. Kathrin kommt nicht, sie muss für ihren Umzug packen. Ann-Kathrin und Rebekka kommen ebenfalls nicht.“

Was? Warum denn das? Na toll! Jetzt bin ich ganz alleine. Schließlich kenne ich die anderen noch gar nicht. Das kann ja ein tolles Training werden.

Wir joggen um den Platz, um warm zu werden. Anschließend stelle ich mich ins Tor und die anderen schießen. Ich lasse fast jeden Ball rein und kann mich nicht recht konzentrieren, weil ich einfach zu oft an Kathrin denken muss.

Schließlich ruft Sven: „Wir machen jetzt Dribbelübungen.“ Er zeigt, was er meint, und die anderen laufen los. Mich hingegen nimmt er beiseite. „Was ist denn los?“, fragt er, wobei er ein sorgenvolles Gesicht macht. Müssen denn immer alle alles bemerken? Das kann wirklich verdammt nerven.

Ich zucke mit den Schultern.

„Hattet ihr viele Hausaufgaben?“, bohrt er weiter.

„Heute? Nein, fast keine. Warum?“, frage ich erstaunt.

„Ann-Kathrin und Rebekka haben gesagt, sie kämen heute nicht, da sie erstens viele Hausaufgaben und zweitens keine Lust hätten, dich zu sehen. Sie sind doch bei dir in der Klasse. Oder?“

„Ja, ja.“ Ich schaue ihn entgeistert an. So ist das also! Was habe ich bloß getan?

„Ich möchte nicht, dass du die Mannschaft auseinanderreißt. Hast du verstanden? Und konzentriere dich bitte, damit nicht jeder Ball ins Netz geht.“ Sein Gesicht ist jetzt sehr ernst. Er mustert mich von oben bis unten. „Ist wirklich alles in Ordnung? Du siehst sehr erledigt aus. Hat es etwas mit Kathrins Umzug zu tun?“

„Ja, aber nicht nur.“

„Womit denn dann?“ Er scheint sich ehrlich Sorgen zu machen. Warum? Eigentlich kann ich ihm ja egal sein, so schlecht wie ich bin.

Soll ich es ihm erzählen? Dann versteht er vielleicht, warum ich so weggetreten bin.

„Es begann damit, dass Kathrin hergezogen ist …“ Ich berichte ihm davon, was Ann-Kathrin und Rebekka nach dem letzten Training zu mir gesagt haben und was mit dem Jungen im Bus vorgefallen ist. Ich verstehe nicht, warum es mir so leichtfällt, mit ihm über alles zu reden.

Als ich fertig bin, nickt er mit dem Kopf. „Verstehe, und weil sie nicht zum Training gekommen sind, machst du dir Sorgen?"

Woher weiß er das denn jetzt? „Ja", sage ich knapp.

„Das musst du nicht. So wie du es mir erzählt hast, kannst du nichts dafür. Das hätte ich auch nie von dir erwartet, obwohl ich dich noch nicht lange kenne." Er macht eine Pause und schaut mich an, bevor er fortfährt: „Dass Kathrin nicht ins Training kommen kann, verstehe ich, aber auf die anderen bin ich sauer. Sie haben mich angelogen, außerdem sind Hausaufgaben keine Entschuldigung. Als Strafe dürfen sie am Sonntag nicht mitspielen."

Ich schlucke, dass er so streng sein kann, wusste ich nicht.

„So, jetzt gehst du noch einmal ins Tor und konzentrierst dich", bittet Sven mich.

„Ich versuche mein Bestes."

„Das höre ich gerne." Er lächelt mir aufmunternd zu, bevor er den anderen die Anweisung gibt, auf mein Tor zu schießen.

Diesmal halte ich fast jeden Ball, recke mich in die Winkel und werfe mich auf den Boden.

Sven scheint zufrieden zu sein. Auf jeden Fall sagt er nach dem Training zu mir: „Das hast du toll gemacht!"

Erleichtert betrete ich die Umkleide. Ich lasse mir wie immer Zeit. Das hat den Vorteil, dass ich nachher besser an mein Rad gelange, weil die anderen schon weg sind. Sonst ist immer so viel los und ich hasse Gedränge.

Eine Viertelstunde später verlasse ich frisch geduscht die Umkleide. In der Nähe lehnt wieder dieser Junge. Auf was er wohl wartet? Auf besseres Wetter? Ich weiß es nicht, aber er kommt auf mich zu. Hilfe!

„Hey, du hast super gespielt", sagt der wildfremde Typ.

Was soll ich denn darauf sagen? „Was ... wie?", antworte ich daher verwirrt. Oh Mann, hört sich das vielleicht blöd an. Aber ihn scheint es nicht zu stören, im Gegenteil.

„Spielst du schon lange?", fragt er mich.

„Ich?“ Irgendwie bin ich mir immer noch nicht sicher, ob er mich meint.

„Ja, du.“ Scheinbar habe ich zu lange mit einer Antwort gewartet. Außerdem ist niemand in der Nähe, den er sonst angesprochen haben könnte.

„Nein, erst seit einer Woche“, bekenne ich wahrheitsgemäß. „Du?“ Warum habe ich das nur gefragt?

„Ja, ich spiele in der Jungenmannschaft und heiße übrigens Louis. Wie heißt du?“

Ich? Oh mein Gott, warum fragt er mich das? „Kira“, krächze ich. Schnell laufe ich zu meinem Fahrrad und schließe es auf. Dann schiebe ich es aus dem Ständer, murmle „Tschüss“ und radele davon. Ich spüre seine Blicke in meinem Rücken. Aber das ist mir egal. Was war das denn eben? Ich habe Angst bekommen, doch ich weiß nicht warum.

Zu Hause gibt es Abendessen und anschließend gehe ich in mein Zimmer. Dieser Louis ist wirklich hübsch. Aber warum hat er mich angesprochen? Laut Rebekkas Aussage bin ich doch hässlich. Ich beschließe, dass sich dieses Rätsel heute nicht mehr lösen lässt, und gehe zu Bett.

# Endlich wieder zickenfrei

Es ist Samstag und mein Wecker klingelt. Gestern habe ich Kathrin besucht und der Familie beim Einräumen geholfen. Sie wohnt jetzt wirklich nur eine Straße von mir entfernt. Ich kann es immer noch nicht fassen. Es ist ein unbeschreibliches Gefühl.

Abends war ich mit Luk im Training und danach haben wir die Taschen für heute gepackt.

Ich ziehe mich an und laufe hinunter. Es ist so früh, dass ich noch nichts essen kann. Mein Magen will nicht.

Wir überprüfen noch einmal unsere Taschen, bevor wir sie ins Auto laden. Heute geht es nach Maulbronn, leider nehmen die Zicken auch am Turnier teil. Darauf könnte ich ganz gut verzichten. Wir steigen ein und Papa fährt los.

Eine halbe Stunde später kommen wir in Maulbronn an. Es sind schon einige Teilnehmer da und wir suchen zuerst einen freien Platz auf der Tribüne, bevor wir in Richtung Umkleiden davonmarschieren. Dort treffe ich auf Lena, Sarah, Fredi und Johanna. Noah ist auch schon da, der ist uns auf dem Weg begegnet und mit Luk in der Jungenkabine verschwunden. Wir ziehen uns unsere Karatekittel an und verlassen gerade den Raum, als die Zicken auftauchen. Eilends verkrümeln wir uns nach oben.

Isabell kommt uns entgegen. „Ihr Mädchen seid jetzt gleich dran. Fredi und Kira, ihr startet bei den Schülern ab Blaugurt. Lena und Sarah, ihr nehmt ebenfalls bei den Schülern teil, aber bis Grüngurt. Verstanden? Johanna, du startest bei den Kindern, ebenfalls bis Grüngurt. Luk, du bist bei den Schülern bis Grüngurt und Noah ab Blaugurt."

Wir nicken, weil wir die Einteilung registriert haben.

„So, dann geht euch mal aufwärmen. Denkt dran, Vivian und Denise starten bei euch, Kira. Steffi startet bei euch, Lena."

Wir nicken wieder und schlagen den Weg in Richtung Halle ein.

Als Erstes laufen wir mehrere Runden, dann dehnen wir uns und anschließend vollführen wir unsere Katas noch einmal. Alles passt.

Schon schnarrt eine Stimme aus dem Lautsprecher, die uns zur Aufstellung auffordert. Danach beginnen die Wettkämpfe. Wie Isi bereits angekündigt hat, sind Lena und Sarah gleich auf Matte eins dran. Luk startet auf Matte zwei und auch Johanna kämpft bereits auf Matte drei. Ich weiß gar nicht, wo ich zuerst hinschauen soll.

Den ersten Kampf gewinnen alle vier locker mit drei zu null gegen ihre Gegner. Auch der zweite und dritte ist kein Problem. Aber dann stehen alle in ihrer Gruppe im Halbfinale. Lena gewinnt mit zwei zu eins, genau wie Sarah. Luk entscheidet seinen Kampf mit drei zu null für sich, genau wie Johanna.

Jetzt ist Finale angesagt. Leider müssen Sarah und Lena gegeneinander kämpfen, wobei Letztere haarscharf gewinnt. Johanna verliert leider ganz knapp und Luk schlägt seinen Gegner mit drei zu null. Super! Ich hätte nicht gedacht, dass unser Team so erfolgreich sein wird.

Steffi ist schon in der Vorrunde ausgestiegen, wenn man das überhaupt so nennen kann.

Jetzt sind Fredi, ich, Vivian und Denise auf Matte eins dran, während Noah auf Matte zwei kämpft. Fredi gewinnt die erste Runde, genau wie Vivian und ich. Denise scheidet aus. Zum Glück! Eine weniger!

In der nächsten Runde muss ich gegen Vivian kämpfen, die mich abschätzig anschaut und meint: „Da werde ich wohl locker gewinnen."

Doch sie hat sich getäuscht. Die Kampfrichter entscheiden: drei zu null für mich.

„Das ist nicht richtig", schnaubt sie mich an, „du warst schlecht."

Das hat einer der Kampfrichter gehört und prompt tritt er näher. „Du warst super", sagt er zu mir. An Vivian gewandt meint er: „Du hast keine Kraft, deine Stellung ist nicht schön und deine Technik ebenso wenig. Außerdem fehlt die Schnelligkeit. Das alles hat sie." Er deutet auf mich. Dann geht er wieder davon.

„Von wegen!", schnaubt Vivian ungehalten. Sie ist stinksauer darüber, derart bloßgestellt worden zu sein.

Das hat vielleicht gesessen! Besser hätte es nicht für mich laufen können.

Alle weiteren Kämpfe gewinne ich, genau wie Fredi. Schließlich stehen wir uns im Finale, das ich gewinne, gegenüber. Auch Noah hat sich gut geschlagen. Er ist erst im Halbfinale ausgeschieden. Isabell ist mächtig stolz auf uns.

Um ein Uhr ist die Siegerehrung. Lena, Luk und ich sind Erste geworden. Johanna, Fredi und Sarah Zweite, Noah ist Dritter. Super! Die Zicken haben sich nicht platziert und sind schon nach Hause gefahren. Isi hat bereits verkündet, dass die drei nie wieder starten werden. So ein Glück! Die hätten einfach nicht in unsere Gruppe gepasst. So wenig, wie Giraffen und Wölfe zusammenpassen. Anschließend gratulieren uns alle Anwesenden und wir gehen gemeinsam etwas essen. Zum Schluss machen wir noch ein Gruppenfoto.

Jetzt steht ein Pokal mehr auf meinem Regal. Toll! Auch Luk freut sich. Aber sie sind auch wirklich schön. Die Pokale, meine ich.

# Warum sind Torpfosten nicht aus Gummi?

Heute ist Sonntag und ich bin aufgeregt. Ich hatte noch nie ein Fußballspiel. Karateturniere dagegen hatte ich schon viele und erkämpfte mir fast jedes Mal einen ersten, zweiten oder dritten Platz. Aber diese Situation ist mir neu, was, wenn ich den Ball ins Tor lasse? Sind die anderen dann sauer auf mich?

Oh Mann. Der einzige Trost ist, dass es ein Heimspiel ist. Ich habe mit meinen Eltern ausgemacht, dass ich mit dem Rad fahre und sie zu Fuß nachkommen.

Auf dem Weg zum Platz kommt mir Kathrin entgegen. „Hast du schon gehört, dass Ann-Kathrin und Rebekka nicht mitspielen dürfen, da sie am Donnerstag nicht im Training waren?"

„Ja, warum?", erwidere ich.

„Ich finde es ganz schön krass. Warum waren sie denn nicht da?", will sie wissen.

„Sven hat zu mir gesagt, dass sie angeblich zu viele Hausaufgaben aufhätten und mich nicht sehen wollten. Aber sag es bitte nicht weiter", beschwor ich sie.

„Das wird ja immer besser. Die sind wirklich ganz schön eifersüchtig auf dich."

„Das wird nun aber auch nicht besser", meine ich. „Schließlich spiele ich heute, und wenn ich nicht allzu schlecht bin, dann sind sie noch neidischer. Außerdem habe ich gestern einen ersten Platz im Karate gemacht, und wenn das in der Zeitung kommt ..."

„Ach was! Zerbrich dir deswegen bitte nicht den Kopf. Sie machen doch gar kein Karate", will Kathrin mich beruhigen.

„Trotzdem", erwidere ich.

„Kommt ihr endlich?", richtet Sven, der zu uns getreten ist, das Wort an uns. „Ihr müsst euch noch umziehen.

„Ja, du hast recht", antwortet Kathrin.

„Beeilt euch und kommt dann auf den Platz." Er dreht sich um und geht davon. Während wir in die Umkleide gehen, frage ich Kathrin: „Wie alt er wohl ist?"

„Keine Ahnung, aber noch nicht sehr alt, schätze ich", antwortet sie.

Während des Umziehens erzähle ich ihr von dem Gespräch mit unserem Trainer, als es plötzlich an der Tür klopft. „Herein", sagen wir im Chor. Wir haben gerade unsere Sportsachen angezogen.

Sven betritt die Umkleide. „Hier sind eure Trikots, die zieht ihr ab jetzt bitte zu jedem Spiel an. Okay?"

„Ähm, ja klar", antworte ich verwirrt.

„Für dich habe ich die Nummer drei ausgewählt", sagt er lächelnd zu mir und zu Kathrin: „Du bekommst die sieben."

Er gibt uns die Trikots und wir schlüpfen hinein. Die Hosen sind kurz, weit und schwarz. Die Shirts sind ebenfalls weit, aber orange. Es sieht wirklich cool aus. Fragend blicke ich auf die ebenfalls orangen Stutzen, ich habe keine Ahnung, wie man die anzieht.

Sven lacht. „Du hast keine Ahnung, hab ich recht?" Als sein Blick auf meine Schienbeine fällt, meint er: „Hast du keine Schienbeinschützer? Und Fußballschuhe? Und Torwarthandschuhe?"

Verwirrt schaue ich ihn an. „Nein, im Training hatte ich immer deine Handschuhe und normale Turnschuhe an."

„Mist", flucht er und verlässt die Umkleide. Währenddessen hat Kathrin ihre Schienbeinschützer angezogen.

„Das wusste ich nicht. Was nun?", murmle ich bedrückt.

„Da kannst du doch nichts dafür, niemand hat dir etwas gesagt", entgegnet sie.

Das stimmt, Sven hat mir nichts gesagt und auch sonst niemand. Was soll ich jetzt tun? Das fängt ja super an! Ich stöhne auf und lasse mich auf die Bank fallen.

In dem Moment betritt Sven erneut die Kabine. „Alles klar?", fragt er besorgt. Ich nicke. „Kathrin, könntest du bitte auf den Platz gehen und dich warm laufen, du spielst nachher", wendet er sich meiner Freundin zu. Die nickt und strahlt von einem Ohr zum anderen, dann geht sie. Na super, jetzt bin ich mit Sven alleine. Was Besseres gibt es wirklich nicht, oder?

Aber der holt nur drei Päckchen aus seiner Tasche. „Für dich."

„Was?“ Ich schaue auf.

„Das eine ist von deinen Eltern.“ Er gibt es mir. Es sind Schienbeinschützer.

„Das andere von mir.“ Er macht wieder eine Pause und reicht mir ein Päckchen mit Torwarthandschuhen.

„Und das letzte“, sagt er geheimnisvoll, „ist von einem Jungen.“ Es sind schwarze Fußballschuhe darin, die perfekt zu meinem Trikot passen.

„Danke.“ Ich strahle ihn an.

„Zieh dich an“, fordert er mich auf.

Schnell lege ich das restliche Outfit an und klemme mir die Handschuhe unter den Arm. „Vielen Dank.“

„Bitte. Bei deinen Eltern und deinem Verehrer musst du dich aber selber bedanken“, erwidert Sven.

„Ja, mach ich.“ Woher er den wohl kennt? Ach, egal. Ich werde es schon noch herausfinden.

Wir verlassen die Umkleide und steuern auf den Platz zu. Unsere Mannschaft erwartet uns schon sehnsüchtig, denn das Spiel soll in wenigen Minuten beginnen.

„Du siehst gut aus“, begrüßen sie mich.

„Danke“, erwidere ich strahlend, als ich mich zu Kathrin stelle.

„So. Dann will ich euch mal sagen, wer heute spielt“, verkündet Sven. „Also, im Tor steht Kira. In der Abwehr Julia, Leonie und Marie. Ins Mittelfeld gehen Kathrin, Selin, Christin und Nele und in den Sturm stelle ich Michelle, Luci und Jasmin. Alles klar?“

„Nein. So werden wir verlieren“, entgegnet Rebekka.

„Nein, werden wir nicht. Ihr seid selbst schuld, dass ihr nicht mitspielt. Ihr hättet eben am Donnerstag ins Training kommen sollen“, kontert Sven.

„Kathrin war auch nicht da“, meint Ann-Kathrin spitz.

„Das ist was ganz anderes. Ab aufs Feld, gleich geht es los.“

Wir nehmen unsere Positionen ein und warten, bis der Schiedsrichter den Startpfiff gibt und es losgeht. Meine Mannschaft ist gut, stelle ich schnell fest. Sie sind so gut, dass ich fast nichts zu tun brauche. Nur einmal muss ich den Ball aus dem Winkel fischen, sonst brauche ich wenig zu unternehmen. Als der Schiedsrichter zur Pause abpfeift, liegen wir zwei zu null vorne. Dank Kathrin, die befördert den Ball immer ins Netz, wenn sie vorne steht und er zu ihr kommt. Einfach klasse! Wir gehen vom Feld und trinken etwas. „Du warst spitze“, sage ich dabei zu Kathrin.

„Du aber auch. Du hast den Ball super aus dem Winkel geholt. So habe ich das noch bei keinem anderen Torwart gesehen.“

Ich grinse verlegen. „Danke.“

Als die zweite Halbzeit beginnt, habe ich das Gefühl, dass etwas nicht stimmt. Ich weiß jedoch nicht was. Mein Blick wandert über die Tribüne. Ich sehe meine Eltern nicht, sie sind nach Hause gegangen, um das Mittagessen vorzubereiten, das haben sie mir vorher gesagt. Außerdem soll Besuch kommen. Aber wer ist das? Louis. Was macht der denn hier? Und von wem sind die Schuhe? Etwa von ihm? Wer weiß, schließlich hat er mich am Donnerstag angesprochen und gefragt, ob ich schon lange spiele. Ich versuche mich wieder auf das Spiel zu konzentrieren, aber es klappt nicht so recht. Immer noch quält mich das unbestimmte Gefühl, dass etwas nicht stimmt. Ich halte den Ball dreimal, bis er direkt in den unteren linken Winkel fliegt und ich dorthin hechte. Doch der Boden ist rutschig und ich schlittere gegen den Pfosten. Autsch! Benommen bleibe ich liegen. Wo bin ich? Jemand kommt angelaufen und beugt sich über mich. Es sind Sven und der Schiedsrichter. Sie helfen mir hoch. „Alles okay?“, fragt mein Trainer besorgt.

Ich nicke. „Es kann weitergehen.“ Eigentlich ist gar nichts okay, mein Kopf tut weh, schrecklich weh. Der Pfosten ist wirklich sehr hart. Warum sind die nicht weicher? Aus Gummi zum Beispiel? Aber das geht ja nicht, dann würden sie immer herumwackeln. Das wäre ganz und gar nicht gut. Bei dem Gedanken, dass der Torpfosten wackelt, wenn der Ball dagegen donnert, muss ich lachen.

Schon geht das Spiel weiter. Zum Glück leisten Julia, Leonie und Marie in der Abwehr ganze Arbeit. Die Partie neigt sich dem Ende zu. Mir ist inzwischen ziemlich schwindelig. Es ist viel schlimmer als vorhin. Der Ball kommt auf mich zugeflogen, die letzten Sekunden laufen. Jetzt bloß kein Tor kassieren. Ich werfe mich nach links und Jubel bricht aus.

In diesem Moment ertönt der Schlusspfiff. Habe ich gehalten?

# Krankenhaus

Ich wache auf und schaue mich suchend um. Offenbar liege ich im Krankenhaus. Warum das?

Neben mir sitzt Sven. „Alles klar?", fragt er leise.

Ich sage nichts. Mein Kopf brummt entsetzlich. Ich kann mich gar nicht daran erinnern, was passiert ist.

„Du bist gegen den Pfosten gestoßen und hast weitergespielt. Als der letzte Ball kam, hast du dich nach links geworfen, obwohl der Schuss direkt auf dich zukam. Dann bist du liegen geblieben. Die Sanitäter sind gekommen und du wurdest ins Krankenhaus transportiert", erklärt er mir.

Vorsichtig richte ich mich auf. Aua!

„Deine Eltern sind mit deinen Geschwistern eine Runde laufen gegangen, die konnten nicht still sitzen. Sie kommen ungefähr in einer Stunde zurück."

Langsam beruhigt sich mein Kopf und ich kann wieder klarer denken. „Haben wir verloren?", frage ich vorsichtig.

„Nein, nein. Wir haben zwei zu eins gewonnen", antwortet Sven ruhig.

„Ist der Ball wirklich von vorne gekommen?", frage ich ungläubig.

„Ja."

„Es tut mir so leid."

„Das macht doch nichts. Du kannst nichts dafür."

„Doch, schon. Aber mir war so schwindelig, dass ich den Ball mehrfach gesehen habe und nicht wusste, wohin ich springen sollte."

„Ich weiß", antwortet Sven ruhig.

„Woher?" Ich bin verdutzt. Kann er denn auch noch Gedanken lesen?

„Das Feld ist an der Stelle rutschig gewesen. Das hat Louis vorhin festgestellt."

Louis war also wirklich da? Oh Mann, wie peinlich ist das denn. Moment, warum ist es mir peinlich? Habe ich mich etwa doch verliebt? Nein, bloß nicht. Bei dem Gedanken wird mir schlecht.

„Ich muss jetzt gehen. Gute Besserung. Und du kannst ehrlich nichts dafür. Mach dir bitte keine Gedanken darüber“, verabschiedet sich Sven.

Später schauen meine Eltern vorbei, die mir frische Kleidung mitgebracht haben, denn ich habe noch immer mein Trikot an. Bald verabschieden sie sich wieder, denn Luk und Nora haben ja morgen Schule und müssen rechtzeitig ins Bett.

Ich muss die Nacht über hierbleiben wegen einer leichten Gehirnerschütterung. Auch das noch! Als wäre der Streit mit meinen Freundinnen nicht schon genug.

Kurz vor sechs klopft jemand. „Herein“, sage ich.

Die Tür geht auf und ein Junge kommt ins Zimmer. „Hey, wie geht es dir?“, fragt er. Es ist Louis, wie ich feststelle.

„Ganz gut, mein Kopf brummt nur ein bisschen“, antworte ich.

Louis holt sich einen Stuhl von dem Tisch, der im Zimmer steht, und stellt diesen neben mein Bett. Dann setzt er sich darauf. „Es sah echt schlimm aus“, eröffnet er mir, „und du hast einfach weitergespielt, als ob nichts wäre.“ Ich höre ihm zu und er fährt fort: „Als dich die Sanitäter mitgenommen haben, bin ich noch einmal zum Tor gegangen und hab mir den Boden angeschaut. Er war rutschig, irgendwer hat etwas darübergeschüttet. Hast du es nicht gemerkt?“

„Doch. Mir hat es die Beine weggezogen, als ich den Ball halten wollte, dann bin ich gelandet und gegen den Pfosten geschlittert.“ Ich schaue ihm tief in die Augen.

„Ich wusste es doch“, flucht er. „Und ich ahne auch, wer es war.“

„Wer?“ Meine Stimme zittert.

„Ich bin mir nicht sicher, aber Ann-Kathrin und Rebekka sind in der Pause zum Tor geschlichen und haben dort irgendetwas gemacht.“

„Die?“ Mir bleibt die Luft weg.

„Ja. Weißt du, warum sie so etwas machen sollten?“

„Hmm. Sie sind eifersüchtig auf mich. Weil ich schon spielen darf und viel mit Kathrin mache, seit sie hier ist.“

„Aber das ist doch kein Grund", empört sich Louis.

Vorsichtig füge ich hinzu: „Ich glaube, Rebekka hat sich in dich verliebt und war sauer auf mich, als ich mich letztens neben dich gesetzt habe. Dabei war das bloß Zufall, weil ich nicht neben einer von den beiden sitzen wollte." Huch, eigentlich wollte ich das nicht laut sagen.

„Aha", stößt er hervor. „Die beiden Zicken können mir gestohlen bleiben." Er lächelt mich an.

„Sind die Schuhe von dir?", flüstere ich.

Er nickt und beugt sich vor. Er gibt mir einen Kuss, einen ganz kurzen, flüchtigen. Aber es ist trotzdem wunderwunderschön.

„Danke", flüstere ich.

„Ich muss dann mal", haucht er entschuldigend. „Ciao. Bis bald." Er lächelt und verlässt das Zimmer.

Louis war hier! Oh mein Gott, was hat er gesagt? Die beiden Zicken können ihm gestohlen bleiben? Er mag sie also gar nicht. Warum hat er mich geküsst? Meine Gedanken fahren Karussell. Mein Kopf tut weh, ich versuche zwar nachzudenken, schlafe aber ein.

Als ich aufwache, ist es noch dunkel. Die Sonne geht gerade erst auf. Ich fühle mich schon viel besser.

Plötzlich kommt eine Frau ins Zimmer gestürmt. „Was ist?", fragt sie aufgeregt.

„Nichts. Warum?", antworte ich höflich. Es ist die Krankenschwester, die Nachtdienst hat.

„Du hast doch den Alarmknopf gedrückt", ruft sie.

„Nein."

„Du warst es nicht?"

„Nein, habe ich doch schon gesagt."

„Du bist ja ein Kind." Sie schlägt sich mit der flachen Hand gegen die Stirn und verlässt das Zimmer.

Was war das denn eben? Vielleicht hat sie sich im Zimmer geirrt. Kann ja sein. Ich schlafe wieder ein.

Als ich erneut aufwache, ist es bereits hell. Das Frühstück steht auf meinem Nachttisch und ich bekomme Appetit. Langsam richte ich mich auf und beginne zu essen. Schon wieder wird unversehens die Tür aufgerissen. Dieses Mal ist es ein Arzt. „Es ist nichts passiert. Keine Sorge", begrüßt er mich. „Ich komme nur zur Kontrolle." Er tritt näher an mich heran.

Nach der Untersuchung sagt er: „Es ist alles okay, deine Eltern dürfen dich heue Mittag abholen."

Das hört sich gut an. Jippiiie! Ich darf nach Hause. Aber Sport darf ich in den nächsten Tagen keinen machen. Erst am Donnerstag solle ich langsam mal anfangen, hat der Arzt gemeint. Wenn es sein muss.

Ich döse noch ein bisschen, bis gegen drei Uhr meine Eltern hereinkommen. „Hallo. Na, wie geht es dir?", fragen sie mich.

„Gut", antworte ich strahlend.

Wir packen meine Sachen zusammen und ich schlüpfe in meine Kleidung. Dann verlassen wir das Krankenhaus. Bloß weg von hier! Krankenhäuser mag ich nicht besonders.

Auf dem Heimweg meint meine Mutter: „Du solltest vielleicht mit dem Fußball aufhören. Immerhin war das dein erstes Spiel und dann passiert gleich so was ..."

„Sven hat uns angerufen. Er meinte, jemand habe etwas hingeschüttet, damit du ausrutschst. Hast du mit jemandem Streit?", fährt mein Vater fort.

„Erstens höre ich nur wegen dieser kleinen Panne nicht mit dem Fußball auf und zweitens habe ich keinen Streit", erkläre ich entschieden.

Es bleibt still. Meine Eltern sagen nichts mehr. Ist auch gut so.

Zu Hause angekommen ist es Zeit fürs Training. „Ciao", rufe ich meiner Familie zu.

„Wohin willst du?" Meine Mutter kommt wie eine wilde Furie um die Ecke geschossen.

„Ins Training", antworte ich.

„Du darfst bis Donnerstag keinen Sport machen!", schaltet sich mein Vater streng ein.

„Zuschauen kann ich aber doch trotzdem, oder?", entgegne ich.

„Na dann. Bis später", gibt meine Mutter nach.

# Verdacht bestätigt

Nachdem ich das Haus verlassen habe, laufe ich zu Fuß zum Sportplatz. Fahrradfahren ist ja Sport, und das darf ich nicht.

Als ich ankomme, begrüßt Sven mich freundlich. „Na, wie geht es dir?"

„Gut", antworte ich.

„Aber du darfst noch nicht wieder mitspielen, oder?" Unbemerkt ist Kathrin dazugekommen.

„Nein, leider." Ich umarme meine Freundin zur Begrüßung.

Nach und nach strömt auch der Rest der Mannschaft herbei. „Hallo, alle zusammen. Schön, dass ihr gekommen seid", begrüßt Sven sein Team.

Plötzlich taucht Louis auf. „Dürfte ich einmal eine Frage stellen?", wendet er sich an Sven.

„Klar. Warum nicht?" Der Trainer tritt zur Seite. Kennen sich die beiden etwa?

Louis lässt seinen Blick über die Mannschaft schweifen. Er lässt sich Zeit, bis er schließlich mit seiner Frage herausrückt: „Wer von euch hat eine Idee, warum Kira gestern gegen den Torpfosten geprallt ist?"

Warum fragt er das? Das ist voll peinlich, aber gut, wenn er meint.

Alle Finger schießen in die Höhe und im Chor rufen die Spielerinnen: „Weil sie ausgerutscht ist."

Aha, sie wissen also Bescheid.

„Und warum ist sie ausgerutscht?", hakt Sven nach.

Ach, dieser Schachzug ist also tatsächlich von ihm und Louis geplant worden. Sie kennen sich irgendwoher. Es geht mich eigentlich nichts an, aber mich würde trotzdem interessieren woher. Außerdem, was soll das alles? Wollen die vielleicht rauskriegen, wer es war? Falls Rebekka und Ann-Kathrin wirklich dahinterstecken, werden sie jetzt eine Antwort geben, weil sie Louis süß finden und gut bei ihm ankommen wollen. Ich habe recht, denn in diesem Moment geht Rebekkas Finger zögernd in die Höhe.

„Ja, Rebekka“, nimmt Sven sie dran.

Schon fast wie in der Schule. Hilfe! Und Sven und Louis sind die Lehrer. Na ja, stimmt irgendwie, eben Fußballlehrer. Über diesen Gedanken muss ich grinsen.

„Was ist?“, erkundigt sich Kathrin.

„Nichts“, versichere ich ihr.

„Der Boden war nass. Jemand hat Wasser darübergeschüttet und darin war vielleicht Seife, damit es noch rutschiger wird“, antwortet eine strahlende Rebekka folgsam.

„Woher weißt du das denn so genau?“, hakt Louis nach.

Das ist fast wie ein Verhör. Und jetzt ist sie in die Falle getreten. Autsch!

„Ähm ... war nur so ein Gedanke“, stottert sie herum.

„Ann-Kathrin und Rebekka, würdet ihr beide kurz zu uns kommen? Der Rest läuft fünf Runden um den Platz“, gibt Sven das Kommando.

Die beiden Mädchen gehen auf Louis und Sven zu, sie scheinen noch nichts zu ahnen. Die anderen hingegen traben los.

„Bis nachher“, sagt Kathrin noch, dann hat sie sich den trainierenden Mitspielerinnen angeschlossen.

„Was sollte das gestern?“, nimmt Sven Ann-Kathrin und Rebekka in Empfang. Sein Gesichtsausdruck verrät, dass er sauer auf die beiden ist.

„Was ist denn?“, fragt Rebekka unschuldig, als ob sie nicht wüsste, worum es geht.

„Ihr wisst schon, der rutschige Boden ...“, hilft Louis nach.

„Ach, der. Was ist damit?“, gibt Ann-Kathrin zurück. Die haben echt Mumm.

„Warum habt ihr dort Wasser hingeschüttet?“, kommt Louis auf den Punkt.

„Wir waren es doch gar nicht“, antwortet Ann-Kathrin hektisch.

„Aha, wer denn dann?“ Louis lässt nicht locker. „Der Heilige Geist etwa?“

„Ja“, antwortet Rebekka bissig.

„Ich finde es nicht in Ordnung, dass ihr uns auch noch anlügt. Es ist so schon schlimm genug. Ich sollte euch aus der Mannschaft werfen“, mischt Sven sich wieder ein.

„Bitte nicht“, antwortet Ann-Kathrin kleinlaut.

„Warum habt ihr es dann getan?“, forscht er weiter nach.

„Es ist so ...“, druckst Ann-Kathrin herum.

„Kira hat uns genervt. Sie hat uns nie in Ruhe gelassen. Und dann hat sie immer damit angegeben, dass sie jetzt schon spielen darf und in Maulbronn einen Pokal geholt hat und so weiter“, springt Rebekka ihr bei.

Mir bleibt die Luft weg. Woher wissen die, dass ich in Maulbronn gewonnen habe? Wahrscheinlich stand es in der Zeitung. Warum lügen die überhaupt derart? Wie können sie nur so gemein sein? Ich schlucke den Kloß hinunter, der sich in meinem Hals gebildet hat. Bloß nicht weinen! Nicht vor allen anderen. Das würde mir noch fehlen.

„Okay, wenn das so ist, könnt ihr euch jetzt auch warm laufen. Fünf Runden“, sagt Sven kühl.

Rebekka entfernt sich und joggt los, doch Ann-Kathrin bleibt stehen.

„Was ist?“, fragt der Trainer. „Worauf wartest du?“ Er scheint mächtig sauer zu sein. Wäre ich doch bloß zu Hause geblieben.

„Es war nicht wirklich so“, beginnt Ann-Kathrin vorsichtig. Sie ist anscheinend die Vernünftigere der beiden.

„Wie dann?“, fragt Sven schon ein wenig freundlicher.

„Wir waren eifersüchtig auf Kira. Sie ist nur noch mit Kathrin unterwegs gewesen. Wir waren ihr nicht mehr wichtig. Dann durfte sie gleich spielen, weil Luca sich den Arm gebrochen hatte, und Rebekka war sauer auf sie, weil Kira sich im Bus neben ihn“, sie deutet auf Louis, „gesetzt und uns keine Plätze freigehalten hat. Rebekka findet ihn süß und dachte, Kira hätte sich in ihn verliebt.“ Dass sie nun mit der Wahrheit hervorsprudelt, scheint sie zu erleichtern. Und mutig ist es auch.

Verliebt? Schon wieder dieses Wort, warum reden immer alle darüber? Über Louis’ Gesicht huscht ein leises Lächeln, doch sofort wird er wieder ernst. Hat er sich etwa auch verliebt? In wen bloß?

„Aha", macht Sven. „Weiter?"
„Dann hatte Rebekka die Spitzenidee, Kira eins auszuwischen."
„Und ihr habt in der Pause einen Eimer Wasser mit Seife vor dem Tor ausgekippt", vollendet Louis ihre Beichte.
„Ja, so war es. Dass so etwas passiert, wollte ich wirklich nicht." Ann-Kathrin schaut betreten zu Boden.
„Wart ihr denn immer nett zu Kira?", fragt Louis nun.
Ann-Kathrin überlegt kurz, dann sagt sie: „Nein, ich glaube nicht. Wir haben sie ein paarmal ganz schön angeschnauzt. Außerdem war Kira fix und fertig, als sie von Kathrins Umzug erfuhr. Darauf haben wir nicht wirklich nett reagiert. Sie hat sogar öfter versucht, Kontakt zu uns aufzunehmen, wir haben es aber abgeblockt." So viel Ehrlichkeit hätte ich nicht von ihr erwartet.
„Dann braucht ihr euch aber nicht wundern, wenn sie nichts mehr mit euch unternimmt", stellt Sven fest. Ann-Kathrin nickt mit dem Kopf. Ich glaube, die ganze Sache ist ihr mächtig peinlich.
„So, am besten entschuldigt ihr euch nachher bei Kira und ich möchte nicht, dass so etwas noch einmal passiert. Verstanden? Beim nächsten Mal fliegt ihr aus der Mannschaft und Rebekka kannst du einen Gruß ausrichten, dass sie beim nächsten Spiel auf der Bank sitzen wird. Lügen kann ich schon gar nicht leiden, aber darüber sage ich nachher noch einmal etwas zu allen. Jetzt lauf bitte noch eine Runde um den Platz", sagt Sven.
Ann-Kathrin scheint nicht glücklich zu sein, denn sie hält den Kopf gesenkt und trabt gehorsam eine Runde um den Platz.
„Danke, Louis", wendet Sven sich nun an ihn.
„Gern geschehen", antwortet dieser.
„Was machst du jetzt?"
„Wenn es recht ist, würde ich noch ein bisschen zuschauen. Ich habe ja heute kein Training", bittet Louis den Trainer.
„Schon okay. Hab verstanden." Sven zwinkert dem Jungen zu und dieser kommt direkt auf mich zu.
„Hey. Na, wie geht es dir?", will er wissen.
„Ganz gut, ich darf leider noch keinen Sport machen", seufze ich.
„Verstehe." Sein Blick fällt auf die anderen, die endlich mit dem Training begonnen haben. Wir schauen ihnen zu und hin und wie-

der kommentiert Louis etwas. Ansonsten ist es still zwischen uns. Das Training ist rasch vorüber und bald laufen alle zu den Umkleiden.

Kathrin lächelt mir zu und winkt. „Bis morgen, du kommst doch in die Schule, oder?"

„Ja", rufe ich zurück. „Ciao."

„Na, hast du es genossen, mit Louis zu flirten?", zischt Rebekka mir im Vorbeigehen zu.

Was soll das? Sie ist offenbar richtig sauer auf mich. Wie kann sie so etwas behaupten? Ich habe nicht geflirtet, wir haben nur beim Training zugesehen. Fassungslos schaue ich ihr hinterher.

„Was ist?", fragt Sven, der sich zu uns gesetzt hat.

„Nichts", antworte ich verwirrt.

„Das glaube ich dir nicht. Hat Rebekka schon wieder einen blöden Spruch abgelassen?" Sven scheint gemerkt zu haben, dass etwas nicht stimmt.

„Allerdings", bestätigt Louis. „Die scheint es nun erst recht auf dich abgesehen zu haben."

„Oh nein! Das halte ich nicht aus", stöhne ich.

„Das ist gar nicht nett von ihr, dich so zu ärgern. Noch dazu hat sie selbst damit angefangen und braucht sich nun nicht zu wundern, dass du lieber mit Kathrin deine Zeit verbringst. Was hat Rebekka denn gesagt?", hakt Sven nach.

Ich antworte nicht, deshalb übernimmt das Louis. „Sie hat Kira gefragt, ob sie es genossen habe, mit mir zu flirten."

Was, er hat das auch noch gehört? Wie peinlich. Na, eigentlich ist es schnuppe. Rebekka lässt in letzter Zeit sowieso nur Mist ab und Louis scheint sie nicht zu mögen.

„Das ist ja ein starkes Stück." Sven sieht nicht glücklich aus. „Na ja, hör am besten nicht auf sie. Aber wenn das so weitergeht, dann ..." Er spricht den Satz nicht aus, sondern fragt stattdessen: „Kira, hast du eigentlich einen Freund?"

Erschrocken schaue ich ihn an. Wie kommt er denn darauf? „Nein, warum?"

„Nur so. Hätte ja sein können, dass Rebekka deswegen eifersüchtig ist."

„Hmm“, brumme ich und stehe auf. Langsam sollte ich nach Hause gehen.

Louis und Sven erheben sich ebenfalls.

„Soll ich dich nach Hause fahren?“, bietet mir mein Trainer an.

„Muss nicht sein, ich kann laufen“, erwidere ich. „Trotzdem danke.“ Wir verabschieden uns und ich mache mich auf den Heimweg.

Plötzlich klingelt es hinter mir. Ich trete zur Seite und warte, dass der Fahrradfahrer an mir vorbeistrampelt, doch niemand taucht auf. Vorsichtig schaue ich mich um.

„Na endlich“, spuckt mir eine Person hämisch entgegen. „Lass gefälligst Louis in Ruhe, sonst ...“ Sie spricht ihre Drohung nicht vollständig aus, sondern fährt einfach an mir vorbei. Was war das denn jetzt? Und wer war das überhaupt? Verwirrt laufe ich weiter.

Zu Hause angekommen habe ich keinen großen Hunger. Ich gehe lieber in mein Zimmer und richte meine Schulsachen für den nächsten Tag her. Da meldet sich mein Handy. Rebekka hat mir eine Nachricht geschrieben.

*Sorry, tut mir leid wegen Sonntag.*
*Verzeihst du mir?*

Ich überlege. Warum auch nicht? Solange es nicht noch einmal passiert. Ich tippe drauflos.

*Ja, aber ich möchte, dass so etwas nicht noch einmal passiert. Klar?*

*Ja, versprochen. Bis morgen!*
*Schlaf schön und gute Besserung.*

Ich schalte mein Handy aus und lege es auf meinen Nachttisch. So ein Glück, alles ist wieder gut und ich kann morgen noch einmal mit ihr reden. Ja, das mache ich.

Schnell schlüpfe ich in meinen Schlafanzug und kuschle mich ins Bett. Wenig später bin ich eingeschlafen.

# Alle wissen Bescheid

Ich träume, von Samstag und von Sonntag und natürlich von Louis ... er ist ja so süß! Aber sicher hat er schon eine Freundin.

Mein Wecker klingelt und ich schalte ihn schnell aus. Ich würde gerne noch länger schlafen, aber das geht nicht, die Schule wartet. Umständlich wurstle ich mich schließlich aus dem Bett. Mann, habe ich super geschlafen. Mir geht es schon wieder richtig gut.

Dieses Mal besetze ich tatsächlich einen Platz im Bus.

„Na, wolltest du dich nicht neben Louis setzen?“, fragt mich Rebekka belustigt, als sie einsteigt.

„Nö, warum? Ich wollte mit dir reden.“

„Na, wenn das so ist.“ Prompt lässt sie sich neben mich auf den Sitz plumpsen.

„Wo ist Ann-Kathrin?“, frage ich, denn diese ist nicht eingestiegen.

„Die hat heute Morgen einen Termin beim Augenarzt und kommt später nach.“

„Aha.“ Das hat sie mir gar nicht erzählt. Na gut, wann auch? Die beiden waren ja sauer auf mich.

„Es tut mir leid wegen Sonntag. Ich wollt das nicht“, beginnt Rebekka. „Und auch wegen gestern, es war nicht so gemeint.“ Ich höre ihr schweigend zu, während sie weiterspricht. „Es war eben so, dass du viel mit Kathrin unternommen hast, und da war ich eifersüchtig auf sie. Und dann ... ach, ich weiß auch nicht, warum wir das gemacht haben. Es war blöd von uns.“

„Stimmt. Aber zum Glück ist nicht viel passiert“, werfe ich ein.

„Schon, aber es war nicht fair. Wenn du was mit uns machen wolltest, haben wir es abgeblockt, und das nicht gerade nett. Entschuldigung. Wollen wir wieder Freunde sein? So wie früher?“ Vorsichtig schaut sie mich an.

„Ja, von mir aus gerne. Ihr habt mich sehr verletzt und ich war nicht gerade glücklich. Vor allem weil es keinen Grund gab. Und es war auch nur Zufall, dass ich mich neben Louis gesetzt habe. Ich wollte bloß nicht neben euch sitzen, weil ihr so fies wart", stelle ich klar.

„Ja, 'tschuldigung", murmelt Rebekka zerknirscht. Sie scheint ihr Verhalten ernsthaft zu bereuen. Wie viele Gesichter ein Mensch so haben kann? Na ja, Wut macht blind. Diese Aussage stimmt offenbar.

„Schon okay", meine ich etwas versöhnlicher.

Den Rest der Fahrt sitzen wir schweigend nebeneinander, bis der Bus hält und wir aussteigen. Gemeinsam laufen wir in Richtung Schule. Zuerst schauen wir auf den Vertretungsplan, leider entfällt heute nichts. Danach gehen wir in die Aula, in der Kathrin schon wartet.

„Hallo", begrüßt sie uns.

„Hey." Ich nehme sie in den Arm.

„Hallo. Es tut mir leid, wie wir uns benommen haben, Kathrin, auch dir gegenüber. Entschuldigung", bringt Rebekka hervor.

„Entschuldigung angenommen, aber du solltest dich vor allem bei Kira entschuldigen", gibt Kathrin zu bedenken.

„Ja, das hat sie schon im Bus erledigt", antworte ich schnell.

Wir setzen uns an einen freien Tisch und reden über alles Mögliche. Irgendwann kommt auch Ann-Kathrin dazu und entschuldigt sich bei Kathrin und mir. Jetzt ist wirklich wieder alles okay zwischen uns. Darüber bin ich sehr froh. Noch länger hätte ich es nicht ausgehalten, ich meine, wenn es so weitergegangen wäre.

„Wohin bist du jetzt eigentlich gezogen?", erkundigt Rebekka sich.

„Ich wohne in der Parallelstraße von Kira", sagt Kathrin.

„Dann können wir uns super mal zu viert treffen", strahle ich.

„Du hast recht", freut sich Rebekka.

„Und zusammen ins Training können wir auch fahren", stellt Ann-Kathrin fest.

„Sag mal", beginne ich. „Warst du das gestern auf dem Fahrrad nach dem Training?"

„Was, ich?“ Rebekka schaut mich erschrocken an. „Nein, ich wurde gleich von meinen Eltern abgeholt.“

„Das stimmt“, bestätigt Kathrin.

Gut, wenn sie es sagt, kann ich die Aussage wohl glauben. Wer war es dann?

„Warum, was ist denn passiert?“, hakt Kathrin nach. Scheinbar hat sie gemerkt, dass etwas nicht stimmt. Sie merkt so was immer, wahrscheinlich hat sie eine Art Sender, mit dem sie es wahrnimmt. Ich kenne nicht viele Menschen, die das so gut können.

„Ich war auf dem Nachhauseweg. Plötzlich hat jemand auf einem Fahrrad hinter mir geklingelt. Ich ging zur Seite, aber niemand fuhr vorbei. Also drehte ich mich um und jemand sagte: Na endlich, lass gefälligst Louis in Ruhe, sonst ... Dann fuhr die Person weiter.“

„Hast du die Stimme gekannt?“, fragt Ann-Kathrin.

„Sie kam mir bekannt vor, aber ich weiß nicht, zu wem sie gehört“, antworte ich.

Es ist still, man kann unsere Gehirne förmlich rattern hören. Wir alle überlegen fieberhaft, was und wer das gewesen sein könnte.

„Sie muss Louis kennen“, bringt Ann-Kathrin das Offensichtliche zur Sprache.

Ich nicke nur. Wer könnte die Person auf dem Fahrrad bloß gewesen sein? „Ach, ist doch auch egal“, sage ich irgendwann.

„Nein, ist es nicht. Wer weiß, was die noch macht?“, kontert Kathrin.

„Warum die? Es kann doch genauso gut ein Junge sein“, widerspreche ich.

„Das ist eher unwahrscheinlich, schließlich geht es um Louis. Vergessen?“, schaltet Rebekka sich ein.

„Ich kenne aber kein Mädchen, das mich schon mal wegen Louis angesprochen hat. Außer Rebekka. Gestern am Ende des Trainings und als ich im Bus neben ihm saß“, stelle ich klar.

„Es tut mir leid, aber das gestern war nicht so gemeint und hässlich bist du natürlich auch nicht“, verkündet Rebekka zerknirscht. Ihr scheint es wirklich leidzutun.

„Schon okay“, winke ich ab.

Trotzdem finden wir nicht heraus, wer die Person auf dem Fahrrad gewesen sein könnte. Denn das Klingeln reißt uns aus unseren Gedanken. Wir betreten das Klassenzimmer und lassen uns auf unsere Plätze fallen.

Geschichte! Oh nein. Na ja, Herr Maier ist ganz nett. Schon kommt er herein, hievt seine Tasche schwungvoll aufs Pult und ruft: „Guten Morgen, alle zusammen." Sein Blick schweift über die Klasse und bleibt an mir hängen. „Na, geht es dir wieder gut?", fragt er mich.

„Ähm ... ja klar", stottere ich. Woher weiß der denn, dass ich gestern nicht da war? Er hat noch nicht einmal ins Klassenbuch geschaut. Seltsam.

„Das war ja ganz schön riskant, was du da gemacht hast", sagt er nun.

„Riskant?", wiederhole ich, weil ich wirklich nicht begreife, worauf er hinauswill.

„Wir haben jetzt Geschichte. Warum nehmen wir nicht die Geschichte des letzten Samstags und Sonntags durch? Die von Kira. Was haltet ihr davon?"

„Ja, wir würden gerne mehr erfahren", jubelt die Klasse.

Mehr? Wovon? Fragend schaue ich Kathrin an, doch die zuckt nur mit den Schultern. Langsam wird mir das unheimlich.

„Was hast du denn am Samstag gemacht?", fragt mich Herr Maier.

Was soll denn das?

„Sie war auf einem Karateturnier in Maulbronn und wurde Erste", mischt sich ein Junge ein.

Keine Ahnung, wer das ist. Aber woher weiß er das? War er etwa dabei? Spionieren sie mir hinterher? Mir läuft ein Schauer über den Rücken und gleichzeitig wird mir heiß und kalt. Oh nein.

„Woher weiß er das?", krächze ich.

„Weißt du es nicht?" Fragend schaut Herr Maier mich an.

Ich schüttele den Kopf. Woher soll ich es auch wissen?

„Es stand gestern in der Zeitung", klärt er mich auf.

In der Zeitung, was? Moment mal, klar, wenn wir an einem Turnier teilnehmen, kommt das immer in der Zeitung. Wie kann ich nur so blöd sein? Scheinbar ist mein Gehirn immer noch nicht ganz gesund. Oder warum in aller Welt habe ich das sonst vergessen?

„Aber das, was am Sonntag passiert ist, ist noch viel spannender“, meint der Geschichtslehrer nun.

„Was war am Sonntag?“, hakt Kathrin nach.

„Kira wollte beim Fußball einen Schuss halten und ist auf dem Boden gegen den Torpfosten geschlittert, danach hat sie einfach weitergespielt, bis sie am Ende auf dem Boden liegen geblieben ist. Nachdem sie einen Ball halten wollte und in die falsche Ecke gestürzt ist“, erklärt Herr Maier. „Später hat ein Junge herausgefunden, dass jemand etwas auf den Boden gekippt haben muss, und zwar in der Pause.“

„Und das stand in der Zeitung?“, fragt Rebekka verstört.

„Ja, klar. Woher sollte ich es denn sonst so genau wissen? Ich war schließlich nicht dabei“, antwortet Herr Maier traurig.

„Weißt du inzwischen, wer es war?“, fragt mich ein Mädchen.

Ich nicke nur mit dem Kopf. Erschrocken schauen Rebekka und Ann-Kathrin mich an. Natürlich werde ich sie nicht verraten. Warum auch? Es ist doch wieder alles okay. Wenn ich sie verrate, würde ich nur wieder Unruhe stiften. Und der Typ für Unruhe bin ich nicht, das habe ich schon gemerkt.

„Das ist ja ein Ding“, stöhnt Herr Maier auf.

Die ganzen zwei Schulstunden unterhalten sie sich über mein Unglück und ich muss oft erzählen, wie es aus meiner Sicht aus war.

Geschichte ist schnell vorbei und wir schlendern in Richtung BK-Räume. BK, ich liebe es. Zeichnen und Malen sind einfach super!

Als wir den BK-Raum betreten, fragt mich auch Frau Kahn sofort, wie es mir geht, da sie von der Geschichte ebenfalls in der Zeitung gelesen hat. Warum muss das in der Zeitung stehen? Jetzt weiß es bald die ganze Schule. So ist es tatsächlich, denn auf dem Weg zur Bushaltestelle sprechen mich noch mehr Leute auf meinen Unfall an. Selbst der Busfahrer hat es gelesen und fragt nach, als ich als eine der Letzten den Bus betrete.

Ich lasse mich auf den ersten freien Platz fallen und stöhne auf.

„Was ist denn?“, fragt mich jemand.

Ich schaue mich um, neben mir sitzt Louis. Auch das noch! „Alle wissen von meinem Unfall am Sonntag, da es in der Zeitung stand“, sage ich leise.

„Ich weiß. Ist das denn so schlimm?"

„Nein, eigentlich nicht, aber jeder spricht mich darauf an."

„Ach so."

Der Bus tuckert über die Landstraße und die restlichen Schüler reden aufgeregt miteinander. Eigentlich ist alles wie immer. Nur dass ich bei den Fußballbegeisterten für Gesprächsstoff sorge. Na toll!

„Was machst du heute Mittag?", fragt Louis nach einer Weile.

„Keine Ahnung. Du?", antworte ich. Ich habe wirklich noch keine Ahnung, was ich machen soll. Schließlich ist Sport für mich immer noch gestrichen.

„Ich habe heute Training. Komm doch vorbei", schlägt er vor.

Warum auch nicht? Es schadet nicht, älteren Jungs beim Kicken zuzuschauen. Da lernt man schließlich auch etwas.

„Mal sehen", antworte ich deswegen.

Als ich aussteige, gehe ich zu Kathrin. „Was machst du heute?", frage ich sie.

„Keine Ahnung. Wollen wir uns vielleicht irgendwo treffen?", erwidert sie.

„Gute Idee. Wir haben heute ja keine Hausaufgaben. Wollen wir zusammen auf den Fußballplatz gehen und beim Training der Jungs zusehen? Da kann man sicher etwas lernen", schlage ich vor.

„Von mir aus. Wir können uns ins Vereinsheim setzen oder auf die Tribüne."

„Sehr gut. Um vier?"

„Ja, so früh fängt das Training schließlich noch nicht an und wir haben etwas Zeit", meint sie.

Wir laufen noch ein Stück zusammen, bis sich an einer Kreuzung unsere Wege trennen. Ich muss nach links und sie geradeaus.

Zu Hause angekommen gibt es erst einmal Mittagessen, anschließend gehe ich in mein Zimmer. Was soll ich tun? Lernen? Nein, was denn auch? Lesen? Ja, das ist eine gute Idee. Ich lege mich ins Bett und fange an, in meinem Buch zu blättern.

# Fast ein Mädchennachmittag

Als ich wieder auf die Uhr schaue, ist es kurz vor vier. Hilfe! Ich muss mich beeilen, sonst komme ich zu spät. Ich habe die ganze Zeit gelesen. So ist es immer. Ich versinke derart in einem Buch, dass ich die Welt um mich herum völlig vergesse. Es ist echt irre! Ob es jedem so geht? Keine Ahnung.

Schnell suche ich meine Siebensachen zusammen. Wo ist denn bloß meine Tasche? Ach, da ist sie ja. Ich stopfe alles hinein und renne die Treppe hinunter.

„Tschüss, Mama, bis später. Ich gehe mit Kathrin raus", rufe ich und schließe die Tür. „Ups." Fast wäre ich in Kathrin hineingerannt.

„Warum hast du es denn so eilig?", fragt sie mich.

„Ich habe die Zeit vergessen. Beim Lesen", gebe ich zu.

„So, so, dann ist es aber gut, dass du rechtzeitig auf die Uhr geschaut hast", schmunzelt sie.

Wir schlendern gemeinsam durch die Straßen, wir haben noch Zeit, bis das erste Training anfängt. Ich glaube, es beginnt um fünf. Außerdem müssen wir ja nicht von Anfang an da sein, das ist vielleicht sowieso blöd. Wer weiß, was Louis sonst denkt. Irgendwie ist er schon süß. Sehr sogar. Aber das finden viele Mädchen, wie ich bereits gemerkt habe. Auch Rebekka und Kathrin finden ihn nicht schlecht.

Wir laufen gemächlich und kommen doch recht bald am Fußballplatz an. Wir gehen die Stufen zum Vereinsheim hinauf und setzen uns ins Freie.

„Was wünschen die Damen?", fragt uns ein Mann mittleren Alters. Er scheint der Kellner zu sein.

„Ich hätte gerne ein Spezi", ordert Kathrin.

„Und ich eine Limo", füge ich hinzu.

„Limo, Spezi, sonst noch was?", will er freundlich wissen.

„Nein, danke", antworten wir im Chor.

Wenig später stehen unsere Getränke vor uns und wir schauen auf den Platz hinunter. Gerade haben die kleinen Jungs Training. Sie sind vielleicht sechs oder sieben Jahre alt. Aber das Alter von jemandem einschätzen kann ich nicht gut. Meistens mache ich die Menschen immer viel jünger, als sie tatsächlich sind. Das freut ältere Leute, jüngere sind dann meistens sauer.

Als wir die Gläser leer getrunken haben, bezahlen wir und gehen zur Tribüne. Sie besteht aus großen Steinstufen, auf denen man läuft und sitzt. Schließlich haben wir einen gemütlichen Platz in der Sonne gefunden und lassen uns niedersinken. Herrlich! Ich strecke die Beine aus und gähne herzhaft. Hier ist es wirklich schön. Und vor allem warm. Inzwischen verlassen die kleinen Zwerge den Platz und machen größeren Spielern Platz. Ich lege mich hin und döse vor mich hin, genau wie Kathrin.

„Hast du eigentlich einen Freund?“, reißt Kathrin mich aus meinem Dämmerzustand.

„Nee, du?“, frage ich.

„Nö.“

Dann ist es wieder still. Ich weiß nicht so recht, über was wir uns unterhalten sollen. Aber so ist es auch schön. Schließlich habe ich doch eine Frage: „Wie war es in Bayern?“

„Eigentlich toll. Nur haben wir in einer Stadt gelebt, in der war es immer laut und dreckig. Ich meine die Luft. Und der Fußballplatz war auch nicht so schön wie dieser hier“, antwortet sie.

„Verstehe.“ Ich nicke mit dem Kopf. „Und wie war deine Schule?“

„So wie unsere jetzt. Nur hatten wir alte Lehrer und nicht so viele junge wie hier.“

„Letztes Jahr hatten wir auch noch viele ältere Lehrer. Aber davon sind einige in Rente gegangen und manche haben die Schule gewechselt. Hast du mit deinen Freunden noch Kontakt?“

„Klar. Das ist ja heutzutage super möglich dank der modernen Technik. Da kann ich E-Mails und WhatsApp-Nachrichten schreiben“, sagt sie.

Wir liegen noch eine Weile so da, bis wir uns aufrichten und aufs Spielfeld schauen. Auch diese Trainingsgruppe ist fertig und macht anderen Platz. Ich schaue auf die Uhr. Es ist kurz vor sechs. Also wird jetzt wohl Louis' Mannschaft drankommen. Gespannt schaue ich auf. Bald darauf kommen die Jungs auf den Platz und wer ist ihr Trainer? Sven. Und noch ein anderer Mann. Deshalb kennt Louis ihn also so gut. Sven scheint ein guter Trainer zu sein und nett ist er auch.

Am Anfang schauen wir zu, wie sie sich aufwärmen. Genau wie wir laufen sie fünf Runden um den Platz. Anschließend machen sie Dribbel- und Passübungen. Beinahe wie wir, aber einen Unterschied gibt es doch: Sie sind gut, supergut sogar. Fasziniert schaue ich einem Jungen zu, der im Tor steht und jeden, wirklich jeden Ball hält.

„Der ist echt super. So gut möchte ich auch einmal sein", flüstere ich Kathrin zu.

„Du bist doch super. Außerdem spielst du noch gar nicht lange. Was denkst du, wie lange der schon geübt hat?", entgegnet Kathrin.

„Da hast du wahrscheinlich recht", gebe ich zu.

„Außerdem sieht er gut aus. Hast du schon seine blauen Augen bemerkt? Und seine blonden Haare?", schwärmt Kathrin. „Wie er wohl heißt?"

„Keine Ahnung, du kannst ja Louis fragen", antworte ich.

„Du spinnst." Sie wirft mir ihre Tasche an den Kopf.

„Autsch", maule ich.

„Obwohl. Mal sehen", fügt sie nachdenklich hinzu.

# Torpfostenkira

Unbemerkt ist Sven zu uns gekommen. „Wollt ihr vielleicht zu uns runterkommen? Ihr könnt jede Menge lernen."

„Ähm, ja, warum eigentlich nicht?", erwidere ich.

„Dann los." Sven hat sich umgedreht und stapft schon wieder die Stufen hinunter.

Schnell raffen wir unsere Sachen zusammen und folgen ihm.

Freundlich werden wir von dem anderen Mann begrüßt: „Hallo, ich bin Simon West und Trainer der Jungenmannschaft." Als Erstes fallen mir seine blonden, lockigen Haare auf und seine Augen, die leuchtend blau sind.

„Hallo. Ich bin Kira und das ist Kathrin", sage ich und gebe ihm die Hand. Kathrin reicht ihm ihre ebenfalls.

„Warum bist du auch da, Sven?", fragt Kathrin ihn.

„Du kennst die Mädchen?" Simon ist erstaunt.

„Klar, die spielen bei mir in der Mädchenmannschaft", erwidert Sven.

„Ach, dann bist du wohl die Kira, die gegen den Torpfosten geflogen ist?", schätzt Simon.

Ich nicke mit dem Kopf.

„Haben die beiden sich eigentlich schon entschuldigt?", will Sven jetzt wissen.

„Ja, heute Morgen. Es ist wieder alles in Ordnung", teile ich ihm mit.

„Das ist gut. Und um auf deine Frage zurückzukommen, Kathrin. Eigentlich war ich Trainer der Jungenmannschaft. Aber für eure Mannschaft wurde keine Trainerin gefunden, deshalb übernahm ich euch. Weil es jedoch sein kann, dass beide Mannschaften gleichzeitig ein Spiel haben, hilft Simon mir. Sonst hättet ihr nämlich eine Trainerin. Das macht man eigentlich so, weil, wenn etwas passiert, eine Frau besser helfen kann. Viele Mädchen mögen es nicht, wenn ein Mann sie anfasst. Aber bei euch ging es leider nicht anders", erklärt Sven.

„Das macht doch nichts. Wir haben dich gern", meint Kathrin.

„So, Jungs. Trinkpause", ruft Simon.

Sofort traben die Jungen herbei und nehmen ihre Trinkflaschen.

„Na, haben wir Besuch bekommen?", fragt der Torwart freundlich.

„Ja, das sind Kira und Kathrin aus meiner Mannschaft", stellt Sven uns vor.

„Aha, die Torpfostenkira", stellt der Torwart fest.

Wie haben die mich genannt? Torpfostenkira? Wenn es nicht um mich ginge, würde ich jetzt lachen, denn es hört sich komisch an. Torpfostenkira. Was soll's? Wenn die Herren meinen ...

„Genau die", bestätigt Louis.

„Cool", findet ein anderer.

„Was ist denn daran cool, dass man gegen einen Torpfosten donnert, weil jemand Seifenwasser ausgeschüttet hat?", frage ich.

„Eigentlich nichts. Aber das Coole ist, dass du einfach aufgestanden bist und weitergespielt hast. Du hättest auch liegen bleiben können. Das hätte ich von einem Mädchen nicht erwartet", erklärt der Junge.

„So, jetzt hattet ihr genug Pause. Los, auf den Platz!", ruft Simon streng.

„Da hast du aber jede Menge Fans", fasst Kathrin die Lage zusammen.

„So scheint es." Ich stöhne auf und lasse mich auf die Bank fallen.

„Wenn du wieder fit bist, könntet ihr ja mal mit uns trainieren", schlägt Simon vor.

„Was?", entfährt es Kathrin.

„Warum denn nicht? Ihr würdet jede Menge lernen", bekräftigt Sven mit einem Lächeln auf dem Gesicht.

„Wenn du meinst. Dann habe ich wirklich jeden Tag Sport", lache ich.

„Warum das denn? So oft Schulsport?", fragt Simon amüsiert. Auch er ist noch jung und scheint lustig zu sein. Er und Sven passen gut zusammen als Trainer.

„Nee, das nicht. Schulsport ist montags vor dem Fußball, dienstags wäre dann auch Fußball, wenn ich bei euch mitmache. Mittwochs habe ich Karate, genau wie freitags. Donnerstags habe ich noch einmal Fußballtraining. Aber das sollten Sie ja von Sven wissen“, erkläre ich.

„Ach so. Dann herzlichen Glückwunsch zu deinem ersten Platz in Maulbronn, das stand in der Zeitung. Und ihr könnt gerne Du zu mir sagen“, ergänzt er.

„Danke. Okay, Simon. Dann nächsten Dienstag?“, schlage ich vor.

„Klar, abgemacht. Ich freu mich“, erwidert er.

Wir schauen den Jungen noch eine Weile zu, bis wir uns verabschieden und nach Hause gehen.

# Fußball oder Karate? Beides!

Der heutige Schulmorgen ist schnell vorüber. Natürlich haben mich noch etliche Lehrer auf meinen Unfall und meinen Sieg angesprochen. Aber das bin ich inzwischen gewöhnt.

Gemeinsam fahren Luk und ich mit unseren Rädern ins Karatetraining. Ich konnte meine Eltern überzeugen, dass es mir wieder ganz gut geht und ich schon wieder trainieren darf. Was hätte Jürgen denn sonst gesagt?

Außerdem haben die sicher auch von meinem Unfall gelesen. Ich verschwinde in der Umkleide, in der mich schon Sarah, Lena und die anderen erwarten. Ihre Fragen prasseln auf mich nieder.

„Wie geht es dir?"

„War es sehr schlimm?"

„Seit wann spielst du Fußball?"

„Hörst du dann mit Karate auf?"

„Bitte nicht!"

„Stopp!", rufe ich. „Nicht alle auf einmal. Bitte."

Sie schweigen und warten auf meine Antworten. Aber ich stelle erst mal meine Tasche ab und ziehe meine Jacke aus.

„So", beginne ich, vier Augenpaare hängen an meinen Lippen. „Mir geht es gut, sonst wäre ich nicht hier. Nö, so schlimm war es nicht. Ich war nur einen Tag im Krankenhaus. Fußball spiele ich erst seit kurz nach den Sommerferien. Und nein, ich höre nicht mit Karate auf. Zufrieden?" Ich drehe mich um und packe meine Tasche aus, anschließend schlüpfe ich aus meinen Klamotten und in den Karateanzug. Es kann losgehen.

Als ich die Halle betrete, prasseln erneut tausend Fragen auf mich ein. Als ich alle beantwortet habe, kann das Training endlich beginnen. Es klappt nicht alles, so wie ich will, aber das macht nichts. Ich soll schließlich ohnehin langsam machen.

Nach der ersten Stunde kommt Isabell zu uns. Ihr Gesicht sieht nicht besonders erfreut aus. Sondern eher, als hätte sie gerade irgendwelche schlechten Neuigkeiten erfahren. Sie bleibt direkt vor mir stehen und fragt: „Seit wann spielst du Fußball?“

„Noch nicht lange“, antworte ich.

„Aha.“ Isi ist anzuhören, dass sie nicht wirklich glücklich darüber ist.

„Aber keine Sorge, ich höre nicht mit dem Karate auf, dafür macht es mir viel zu viel Spaß. Wenn, dann höre ich wieder mit Fußball auf“, erkläre ich.

„Ja, ja, schon okay“, entgegnet sie.

Schließlich beginnt das zweite Training und danach kann ich nicht mehr. Dadurch merke ich, dass ich wirklich noch nicht ganz fit bin.

Was war das vorher mit Isabell? Ist sie sauer auf mich? Wenn ja, warum? Was ist denn schon dabei, wenn ich Fußball spiele? Eigentlich nichts.

Beinahe kann ich verstehen, warum so viele mit dem Karate aufhören, weil die Trainer immer sagen, es sei die beste aller Sportarten. Alles andere zählt nicht. Wenn jemand zwei Sportarten ausübt und deshalb an manchen Turnieren nicht teilnehmen kann, vertreten die Trainer immer diese Meinung. Die Betroffenen hören dann meist mit Karate auf und konzentrieren sich auf die andere Sportart, weil sie diese Einstellung blöd finden.

Wenn das so weitergeht, mache ich das auch. Es nervt nämlich. Dabei habe ich nicht gesagt, dass ich aufhören will. Was bilden die sich ein?

Ich stopfe meine Sachen in die Tasche und radele mit Luk nach Hause. Die Fahrt verläuft schweigend, jeder hängt seinen eigenen Gedanken nach.

Zu Hause hüpfe ich gleich unter die Dusche und gehe anschließend zu Bett. Ich verspüre keine Lust, unten am Esstisch zu sitzen. Außerdem habe ich keinen Appetit.

Kurz nachdem ich mich ins Bett gelegt habe, kommt meine Mutter die Treppe herauf. „Ist alles in Ordnung?“, fragt sie. Sie scheint sich Sorgen zu machen.

„Ja, warum?“

„Du bist nicht zum Essen gekommen." Sie setzt sich auf meine Bettkante.

„Habe keinen Hunger."

„War was im Training?" Sie kann wohl echt Gedanken lesen

„Hmm. Isi war nicht begeistert, dass ich jetzt auch noch Fußball spiele. Als ob es ein Verbrechen wäre. Die Trainer denken immer, Karate ist am besten, und sehen es gar nicht gerne, wenn jemand zwei Sportarten macht. Dabei habe ich gar nicht gesagt, dass ich aufhören will. Im Fußball ist das anders, Sven hat sofort akzeptiert, dass ich auch noch Karate mache. Im Gegenteil, er war fast froh, dass ich nicht nur eine Sportart betreibe", erzähle ich.

„Verstehe. Wenn es so weitergeht, solltest du aber vielleicht wirklich nur noch eine Sportart machen."

„Das habe ich auch schon gedacht. Aber dann wird meine Wahl wohl eher auf Fußball fallen. Tut mir leid."

„Das macht nichts. Es muss dir Spaß machen, das ist die Hauptsache", ermuntert mich Mama.

„Finde ich auch und beim Fußball habe ich Kathrin, Rebekka, Ann-Kathrin und Sven ist auch nett."

„Ja. Dann schlaf mal schön." Sie gibt mir einen Kuss und verlässt das Zimmer.

Komisch, dass sie plötzlich nichts mehr gegen Fußball hat. Na, umso besser! Aber im Moment habe ich nicht vor, mit irgendetwas aufzuhören. Zufrieden schlafe ich ein.

# Ein Auftritt mit Folgen

Ich betrete das Klassenzimmer und gähne. Mann, bin ich noch müde! Na, das gibt sich schon. Ich setze mich auf meinen Platz zwischen Kathrin und Ann-Kathrin. „Guten Morgen", murmele ich.

„Guten Morgen", begrüßen sie mich.

Ich habe nicht wirklich Lust auf Unterricht, denn jetzt haben wir Deutsch. Das an sich ist nicht schlimm, aber Rechtschreibung mag ich nicht. Schon betritt Frau Füller den Raum. Der Name passt zu ihr, Füller, mit dem schreibe ich auch meine Aufsätze, aber das habe ich schon einmal bemerkt.

Ich würde nicht unbedingt so heißen wollen. Es gibt bessere Namen wie Müller, Maier oder andere. Aber manche Menschen haben einfach kein Glück mit ihrem Nachnamen. Das ist schade.

Ich öffne meinen Block und schreibe den Text über Kommasetzung mit. Eigentlich setze ich meine Kommas nach Gefühl und nicht wirklich nach Regeln. Aber egal. Muss ich eben die Regeln lernen. Das bekomme ich schon irgendwie hin.

Als es klingelt, gehe ich mit Kathrin, Rebekka und Ann-Kathrin auf den Hof. Wir stellen uns in eine abgelegene Ecke und beißen in unsere Brote. Hmm, lecker.

„Freut ihr euch aufs Training?", frage ich.

„Geht, ich darf ja beim nächsten Spiel nicht mitmachen", stöhnt Rebekka auf.

„Eigentlich schade", findet Kathrin und ich nicke.

Wir vertragen uns jetzt wirklich wieder super und sind beste Freundinnen. So wie ich mir das von Anfang an gewünscht habe.

„Durftet ihr früher immer mitspielen?", interessiere ich mich.

„Meistens. Die anderen Mädchen sind entweder nicht so gut oder kommen nur selten ins Training", antwortet Ann-Kathrin.

„Aber ihr beide seid echt super. So viele Tore wie du, Kathrin, habe noch nicht einmal ich geschossen", staunt Rebekka.

„Und Kira ist auch viel besser als Luca im Tor. Wenn ich mich nicht täusche, wirst du unser fester Torwart“, fügt Ann-Kathrin hinzu.

Ich verschlucke mich an meinem Brot, so erschrocken bin ich. „Was?“, keuche ich schließlich. Kathrin klopft mir, hilfsbereit wie sie ist, auf den Rücken.

„Ich meine, dass du unser zukünftiger Torwart wirst. Du spielst echt klasse und vor allem noch nicht lange“, wiederholt Ann-Kathrin ihre Worte bereitwillig.

Wenn sie meint. Ich kenne Luca schließlich nicht richtig. Aber ich bin doch nicht so gut. Über unseren Köpfen gongt die Schulglocke und wir gehen hinein.

Wir stehen wieder auf dem Pausenhof. Zwei Unterrichtsstunden sind vorbei.

„Wie findet ihr Mathe-Differenzierung?“, frage ich. Wir hatten erst NWA und anschließend Mathe-Diff, wie wir es nennen.

„Geht“, sagt Kathrin.

„Eigentlich ist es nicht viel anders als normales Mathe“, gibt Ann-Kathrin zu.

„Was soll es überhaupt bringen?“ Rebekka zuckt mit den Schultern.

„Da wir in zwei Gruppen aufgeteilt sind, soll jeder Schüler individuell mehr gefördert werden“, gebe ich Auskunft.

„Mehr Förderung? Ich weiß ja nicht“, zweifelt Kathrin.

Auch die letzten zwei Stunden Mathe sind schnell vorübergegangen und wir laufen zur Bushaltestelle. Der Bus hat ausnahmsweise einmal keine Verspätung und wir steigen glücklich ein. Rebekka schafft es sogar, einen Vierer zu ergattern. Schließlich verabreden wir uns für kurz nach halb sechs, damit wir gemeinsam ins Training fahren können. Dann verabschieden wir uns und gehen nach Hause. Kathrin und ich laufen noch ein Stück zusammen, bis sich auch unsere Wege trennen.

Es ist halb sechs und ich stehe am Treffpunkt. Von den drei anderen ist weit und breit nichts zu sehen. Seltsam. Ich schüttle den Kopf und beschließe, in fünf Minuten loszufahren, falls sie bis dahin nicht aufgetaucht sind. Die Minuten verstreichen, doch ich kann sie immer noch nicht sehen. Wir haben uns doch auf halb sechs verabredet. Oder?

Ist das dahinten nicht Kathrin? Nein, eine alte Frau mit ihrem Fahrrad. Wo bleiben die nur?

Da kommt wieder ein Fahrrad. Und ... es ist Kathrin! Ich hebe den Arm vom Lenker und winke.

Außer Atem hält sie vor mir an. „Hallo, tut mir leid. Ich hatte so viel zu tun."

„Schon okay, ich warte noch nicht lange."

„Gut."

Schließlich treffen auch die anderen beiden ein, die mit den Hausaufgaben hinterher waren. Obwohl es gar nicht so viele waren. Na, egal.

Wir biegen auf den Feldweg in Richtung Fußballplatz ein, als von hinten jemand ruft: „Halt!"

Wir halten an und warten. Da kommt ein Mädchen auf einem Fahrrad angebraust. „Und dass du mir heute ja Louis in Ruhe lässt! Er gehört mir. Verstanden?" Sie lässt ihren Blick zwischen uns umherschweifen. „Wie ich sehe, hast du ja jemanden zum Knutschen." Mit diesen Worten lässt sie uns stehen und fährt davon.

„Was war das denn?", fragt Kathrin, als sie ihre Sprache wiedergefunden hat.

„Keine Ahnung. Kennst du die?", stößt Ann-Kathrin entsetzt hervor.

„Ja. Das ist Vivian aus dem Karate, ihr wisst schon, eine von den Zicken", antworte ich matt.

„Ach, die du auf dem Turnier besiegt hast?", hakt Rebekka nach.

„Ja, genau die."

„Krass", höre ich meine Freundin sagen. „Was meinte die nur? Du und Louis?"

„Nein, so ein Quatsch! Ich kenne ihn doch gar nicht richtig", antworte ich empört.

„Konnte ich ja nicht wissen", entschuldigt sie sich.

„Was macht die überhaupt hier?", wirft Kathrin ein.

„Keine Ahnung. Vielleicht will sie Louis zuschauen." Ich zucke mit den Schultern, aber so ganz wohl ist mir nicht in meiner Haut nach dieser erneuten Drohung. Schweigend radeln wir das letzte Stück nebeneinanderher, auch in der Umkleide und während des Trainings sprechen wir nicht.

Als ich danach aus der Kabine komme, treffe ich wieder mal auf Louis. So ein Mist.

„Hallo, na, wie geht es meiner Heldin?“, fragt er mich mit einem Strahlen im Gesicht.

„Wieder ganz gut. Warum?“

„Ich darf dich ja wohl etwas fragen, oder?“

„Stimmt.“ Es ist schließlich nicht verboten, aber das sage ich lieber nicht.

Da taucht plötzlich Vivian auf. „Hallo Louis“, trällert sie.

Oh Mann, wie peinlich ist das denn?!

Demonstrativ stellt sie sich zwischen uns. „Wie geht es dir?“, flötet sie.

„Scheiße“, lautet seine knappe Antwort, bevor er sich zur Seite dreht und davonmarschiert. Schade!

Das muss wohl auch Vivian denken, denn sie dreht sich zu mir um und faucht: „Du hast ihn verscheucht! Ich hab doch gesagt, du sollst Louis in Ruhe lassen!“

„Ähmm ...“

Doch sie lässt mich nicht ausreden. „Nichts ähmm ... Bleib gefälligst von ihm weg, er mag dich sowieso nicht“, zischt sie mich an.

Da wäre ich mir nicht so sicher, aber das sage ich lieber nicht. Stattdessen wende ich mich meinem Fahrrad zu, schließe es auf, schiebe es aus dem Ständer und radle los. Weg, ich will nur noch weg von dieser blöden Kuh. Ich fahre schneller und schneller, bis ...

Hart schlage ich auf dem Boden auf und bleibe liegen.

„Kira, was ist los?“, flüstert jemand. Irgendwo ist eine Sirene zu hören, aber das ist mir egal.

„Hallo, hörst du uns?“ Ich werde an der Schulter gerüttelt.

Nach einer gefühlten Ewigkeit legt mich jemand auf die Seite, ein anderer macht etwas an meinem Kopf, Bein und Arm. Mein Schädel brummt, mir ist schwarz vor Augen. Schließlich kommt ein Auto. Ich werde untersucht und dann hochgehoben. Mir wird schlecht und dann schwarz vor Augen.

# Ich hasse Krankenhäuser!

Ich wache auf und blinzle ins Licht. Wo bin ich? Im Krankenhaus? Schon wieder? Ich fahre aus dem Bett hoch und falle genauso schnell wieder zurück. Mein Kopf pocht, ich stöhne auf. Hilfe, auf meiner Stirn klebt ein großes Pflaster.

„Na, wie geht es dir?“, fragt mich jemand. Als ich den Kopf drehe, erkenne ich Mama. Ich zucke mit den Schultern.

„Dir macht es wohl Spaß, im Krankenhaus zu sein“, scherzt Nora. Ich schüttele den Kopf, aber das tut schrecklich weh.

„Gute Besserung, mein Schatz, wir müssen leider gehen, morgen ist Schule“, teilt mir Papa mit.

Zum Abschied bekomme ich vier Küsse, dann bin ich alleine.

Warum Krankenhaus? Schon das zweite Mal innerhalb einer Woche! Was ist passiert? Ich war auf dem Heimweg vom Training, richtig. Ich hab Louis gesehen, dann kam Vivian. Er ist gegangen und sie war sauer auf mich. Dann war ich wütend auf sie und bin ganz schnell davongefahren, bis ... Ich weiß nicht mehr, was dann passiert ist. „Kann mir das bitte jemand erklären?“ Ups, das habe ich laut gesagt.

„Ja“, erhalte ich überraschend eine Antwort zurück, weil sich gerade die Tür öffnet.

„Hallo, na, wie geht es dir?“, fragen Kathrin, Rebekka und Ann-Kathrin.

„Ganz okay“, antworte ich vage. Keine Ahnung, wie geht es mir eigentlich? Beschissen, so viel steht fest, aber das kann ich unmöglich zugeben.

Kathrin und Rebekka lassen sich auf meiner Bettkante nieder, Ann-Kathrin auf einem Stuhl, den sie herbeizieht.

„Es sah echt schlimm aus“, berichtet Rebekka.

„Wir haben dich gefunden, als wir auf dem Heimweg waren. Du lagst auf dem Feldweg“, ergänzt Ann-Kathrin.

„Rebekka ist schnell zurückgeradelt, um Hilfe zu holen, wir hatten ja keine Handys dabei", fährt Kathrin fort. „Als sie wiederkam, hatte sie Louis und Sven im Schlepptau."

„Ja, beide wollten gerade gehen, als ich zur Halle gerast kam. Es war kein Problem, sie zu überreden. Obwohl, am Anfang haben sie mir nicht geglaubt und gefragt, was wir jetzt schon wieder angestellt haben", erzählt Rebekka.

„Sven hatte einen Erste-Hilfe-Koffer dabei und hat deine Wunden notdürftig verarztet. Louis hat dich in die stabile Seitenlage gelegt. Davor haben sie noch den Krankenwagen gerufen", macht Ann-Kathrin weiter.

„Der kam wenig später und der Notarzt hat gemeint, dass deine Kopfwunde", Kathrin zeigt auf meine Stirn, „genäht werden müsse. Also haben sie dich mitgenommen."

„Anschließend kam auch noch die Polizei, um den Grund für deinen Sturz herauszufinden. Sie befragten uns, wie das passiert sein konnte, aber wir hatten keine Ahnung. Bis der Blick der Polizisten auf einen dicken Stamm fiel, der quer über den Weg lag. Den hatten wir natürlich auch gesehen, aber wegen der Aufregung völlig vergessen", übernimmt nun wieder Rebekka.

„Auf dem Boden waren noch Schleifspuren zu erkennen, jemand muss den Stamm dorthin verfrachtet haben. Dann bist du mit hoher Geschwindigkeit angerauscht und über das Hindernis geflogen. Dein Fahrrad lag nämlich auf der anderen Seite", ergänzt Ann-Kathrin.

„Ich war wütend auf Vivian und bin sehr schnell gefahren, da habt ihr recht", stimme ich zu.

„Apropos Vivian, die kam auch auf ihrem rosa Rädchen vorbei und hat nur hämisch gegrinst, als sie dich da liegen sah", meint Kathrin.

„Und wer hat den Stamm dorthin geschoben?", hake ich nach.

„Das weiß die Polizei nicht und wird es wahrscheinlich auch nicht rausbekommen." Rebekka zuckt mit den Schultern.

„Na toll", stöhne ich.

„Du, wir müssen langsam gehen", mischt sich Ann-Kathrin ein. „Morgen ist Schule und der Bus fährt gleich."

Sie verabschieden sich und verlassen mein Zimmer.

Jetzt bin ich wieder allein, hoffentlich darf ich bald nach Hause. Oh Mann. Warum muss es immer mich treffen? Am Montag durfte ich erst heim und jetzt bin ich schon wieder da.

Ich schließe die Augen und schlafe ein.

# Wer tut so etwas?

Jemand kommt auf mich zu, es ist Louis. Was will er? Er kommt immer näher. In meinem Bauch kribbelt es, meine Knie sind weich und mein Herz setzt für einen kurzen Moment aus. Ich atme tief ein und aus. Er begrüßt mich mit einem gehauchten „Hey“, bevor er seine Arme um mich legt und mich küssen will.

Aber Vivian kommt auf uns zugerannt und schreit: „Auseinander mit euch!“ Schnell lässt Louis mich los und wendet sich ihr zu. Er umarmt sie, dann küsst er sie vor meinen Augen. Hilfe! Mir wird schlecht und ich laufe tränenblind davon. Ich weiß nicht, wohin ich soll, schließlich stolpere ich und ...

Entsetzt reiße ich meine Augen auf. Uff, es war nur ein Traum! Aber dafür war er ziemlich realistisch, finde ich.

Wo bin ich? Ach ja, im Krankenhaus. Ich schaue auf die Uhr. Was, schon elf? Krass, wie schnell die Zeit doch vergeht. Wahrscheinlich kann ich heute schon wieder nicht trainieren. Mist! Da wird Isabell aber sauer auf mich sein. So etwas Blödes. Na ja, ich kann schließlich wirklich nichts dafür. Woher sollte ich denn auch wissen, dass auf dem Weg ein Stamm lag? Wo kam der überhaupt her?

Auf jeden Fall lag der noch nicht dort, als wir ins Training gefahren sind. So viel steht fest. Jemand muss den Holzklotz mit Absicht dorthin geschoben haben. Aber wer macht denn so was? Ich wüsste niemanden außer vielleicht ... nein, das kann nicht sein! Ich habe mich mit Rebekka und Ann-Kathrin wieder vertragen. Wenn die das wirklich waren, kann ich ihnen nie wieder verzeihen.

Es ist kurz nach drei und meine Freundinnen kommen zu Besuch.

„Na, wie geht es dir?“, fragt Kathrin.

„Ganz gut, warum?“, antworte ich.

„Wir dürfen doch noch fragen, oder?“, meint Ann-Kathrin.

„Was ist denn? Du machst ein Gesicht wie sieben Tage Regenwetter“, bemerkt Rebekka verblüfft.

„Ich glaube, ich weiß, wer den Stamm auf den Weg gelegt hat", offenbare ich.

„Wer?", fragen die drei neugierig.

„Rebekka und Ann-Kathrin", antworte ich knapp.

„Was?", entfährt es Kathrin.

„Wir?", staunen die beiden Beschuldigten. „Du spinnst. Wie kommst du denn auf die Idee?"

„Nur so eine Vermutung. Wegen des Torpfostens."

„Du meinst, weil wir es einmal waren, sind wir es immer?" Ann-Kathrin ist entsetzt.

„Kann doch sein", entgegne ich.

„Nein, wir waren es nicht. Wir haben uns doch wieder vertragen. Wir haben gar keinen Grund, dir so etwas anzutun", rechtfertigt sich Rebekka.

„Glaubst du uns?", flüstert Ann-Kathrin eindringlich.

„Nicht ganz", entgegne ich ehrlich, „ich habe schon einmal gedacht, dass ihr es auf keinen Fall gewesen sein könnt, als ich davon erfuhr."

„Aber ...", beginnt Rebekka.

„Sie waren die ganze Zeit bei uns. Erst im Training und danach in der Umkleide, das kann nicht sein. Außerdem war der Stamm noch nicht da, als wir zum Fußballplatz hingefahren sind", vervollständigt Kathrin Rebekkas angefangenen Satz.

„Das stimmt", gebe ich nachdenklich zu.

„Was nun? Glaubst du uns?", raunt Ann-Kathrin mir noch einmal zu.

„Muss ich ja", brumme ich.

Aber wer war es dann? Ich war mir doch so sicher, aber glauben wollte ich es auch nicht recht. Irgendjemand hat es auf mich abgesehen. Das ist kein gutes Gefühl. Was, wenn so etwas noch einmal passiert? Daran darf ich erst gar nicht denken.

„Wann darfst du denn heim?", wechselt Kathrin das Thema.

„Keine Ahnung. Ich glaube morgen." Ich zucke mit den Schultern.

„Das ist gut", meint Rebekka.

„Hmm." Es lässt mich immer noch nicht in Ruhe, dass es jemand auf mich abgesehen hat. Ich habe doch gar nichts gemacht. Wir reden noch eine Weile über dies und jenes, bis sie sich schließlich verabschieden und gehen. Mann, war das ein Tag! Am Nachmittag waren noch Mama und Papa mit Luk und Nora da. Morgen wollen sie mich um kurz vor zwölf abholen.

Ich bin gerade mit dem Abendessen fertig, als es an der Tür klopft. Wer kann das denn jetzt schon wieder sein?

„Herein", rufe ich.

„Hallo, wie geht es dir?", fragt Sven, der eben eintritt.

„Wieder besser."

„Ich war ganz schön geschockt, als Rebekka uns geholt und erzählt hat, was passiert ist", fährt mein Trainer fort. „Weißt du, wer es gewesen sein könnte?"

„Am Anfang dachte ich, es seien Rebekka und Ann-Kathrin gewesen. Aber die beiden haben nichts damit zu tun, da bin ich mir jetzt sicher", sage ich zögerlich.

„Das dachte ich auch schon, aber ich habe es nicht glauben können. Wer könnte es sonst sein?", hakt Sven nach.

„Keine Ahnung."

„Hast du mit jemandem Streit gehabt?"

„Eigentlich nicht. Zumindest nicht, dass ich wüsste."

Er nickt. „Sehen wir uns am Montag?"

„Klar, da ist doch Training", entgegne ich verblüfft.

„Darfst du denn überhaupt schon wieder Sport machen?", fragt Sven.

Ich zucke mit den Schultern. „Das werde ich sehen."

„Gut, dann bis bald und gute Besserung", verabschiedet er sich und verlässt den Raum. Besuche tun gut und verkürzen die Zeit. Ich will mich gerade in mein Kissen sinken lassen, als es schon wieder klopft. Was ist denn heute los? Kann man nicht mal seine Ruhe haben? Aber wie gesagt, so vergeht die Zeit schneller.

„Herein."

„Ich bin gekommen, um das Geschirr mitzunehmen", sagt die Krankenschwester, die ins Zimmer wuselt. „Bitte, wenn du etwas brauchst, sag es einfach."

„Mach ich", versichere ich ihr.

„Dann gute Besserung“, wünscht sie mir und verschwindet.

Erleichtert lege ich mich wieder hin. Endlich Ruhe!

Doch die hält nicht sehr lange an, denn kaum habe ich mein Kissen berührt, klopft es.

„Ja.“ Meine Höflichkeit lässt inzwischen zu wünschen übrig.

„Hey, na, wie geht es dir?“ Das ist doch ... Louis. Ich halte die Luft an. „Alles okay?“, fragt er.

„Äh, ja klar. Mir geht es schon besser“, stottere ich. Mein Gott, wie peinlich!

„Das ist gut.“ Er lässt sich auf meine Bettkante fallen.

„Warum bist du nicht bei Vivian?“, komme ich sofort zum Punkt.

„Warum sollte ich bei dieser Kuh sein?“, erwidert er erstaunt.

„Weil sie immer zu dir kommt und ...“

„Und was?“, schnaubt er.

„Ich dachte, du magst sie.“

„Ich? Spinnst du? Du hast den Sturz wohl nicht gut verkraftet?“, faucht er.

„Tut mir leid. Ich dachte nur, weil sie mich immer so blöd anmacht.“

„Was?“ Neugierig sieht er mich an.

„Ja, sie beschwert sich immer, dass ich dich in Ruhe lassen soll, weil du ihr gehörst.“

„Was? Tut sie das echt?“ Ich nicke. „Ich habe mit ihr überhaupt nichts am Hut. Glaub mir.“ Das klingt tatsächlich ehrlich und irgendwie wunderschön. Romantisch ... Er schaut mich aus seinen braunen Augen liebevoll an. Und ganz plötzlich legt er einen Arm um mich.

„Du bist mir lieber“, nuschelt er in meine Haare.

„Du mir auch“, höre ich mich sagen. Was?

Daraufhin hält er mich ein Stück von sich weg und blickt mir noch einmal tief in die Augen, bevor er mir einen zarten Kuss auf die Lippen haucht.

„Danke“, lächle ich.

„Bitte“, flüstert er und streicht mir eine lose Strähne hinters Ohr.

Wir sitzen noch eine Weile so da, dann sagt er: „Tut mir leid, aber ich muss jetzt gehen. Falls du was brauchst ...“ Er drückt mir einen Zettel in die Hand und verlässt das Zimmer. Warum kommt er mich immer besuchen? Ich lasse mich in mein Kissen fallen und seufze. Wie schön kann die Welt doch sein! Einfach herrlich! Er hat wundervolle Augen und überhaupt ist er wunderschön! Ob er es wirklich ernst meint, dass er mich lieber mag? Vielleicht sagt er das zu jeder?

Plötzlich fühle ich, wie müde ich bin, und schließe die Augen.

# Ein geheimnisvoller Brief

Als ich aufwache, ist es schon hell. Die Sonne scheint ins Zimmer. Es ist einfach herrlich. Wäre da nicht das Krankenhaus. Ich seufze.

Louis! Habe ich mich wirklich verliebt? Das darf doch nicht wahr sein! Oh Gott. Aber ich vermisse ihn.

Da fällt mein Blick auf den Zettel, den ich in der Hand halte. Der ist doch von Louis. Er hat ihn mir gestern gegeben. Ich falte ihn auseinander.

*Hey, hier meine Handynummer: 0157 39312771*
*LG Louis*

Wow! Wo ist denn mein Handy? Ich hab es doch dort in die Schublade gelegt. Oder? Ach, da ist es ja. Irgendwie braucht es heute besonders lange, um zu starten. Ich seufze. Endlich ist es hochgefahren und ich logge mich ein. Schnell rufe ich die Kontakte auf, gebe Louis' Namen und seine Nummer ein, dann klicke ich auf Speichern.

Ich öffne WhatsApp und will ihm schreiben. Aber ich finde seine Nummer nicht. Warum? Mist, ich habe gar kein Netz. Na, dann muss es eben warten, bis ich zu Hause bin. Ich stecke das Handy in die Schublade zurück und lasse mich in die Federn fallen. Noch ein bisschen schlafen! Ich schließe die Augen und denke an Louis. Kaum einen Atemzug später bin ich schon wieder fest eingeschlafen.

Ich laufe durch den Wald und jemand kommt mir entgegen. Wir laufen aufeinander zu, ich beginne zu rennen, so schnell meine Beine mich tragen können. Doch plötzlich kommt ein Mädchen aus dem Wald geschossen und versperrt mir den Weg.

„Hau ab, du bist unerwünscht!“, schreit es mich an.

Hilfe suchend blicke ich zu dem Jungen hinüber, doch der zuckt nur mit den Schultern. Na super. Mein Blick fällt wieder auf das

Mädchen, das mir noch immer den Weg versperrt. „Lass mich durch", sage ich entschieden.

„Nee", motzt es mich an, „hau ab und lauf zu deiner Mami."

Na warte. Ich versuche, an der Blockade vorbeizukommen, aber sie ist verdammt schnell und reagiert auf jede meiner Bewegungen. Schließlich packt sie mich an den Armen und schüttelt mich. Dann stößt sie mich nach hinten ...

„Guten Morgen, Langschläferin."

Was, will die sich jetzt auch noch über mich lustig machen?

Verwirrt schaue ich in die Gesichter meiner Eltern.

„Willst du noch länger hierbleiben?", fragt Mama. „Oder kommst du mit?"

„Äh, klar. Ich komme mit", stottere ich.

„Na, dann los." Papa hat schon meine Tasche unterm Arm.

Schnell raffe ich meine Sachen zusammen und folge den beiden an die frische Luft. Erleichtert atme ich ein. Klar ist die Luft nicht wirklich, es muffelt wie in jeder Stadt nach Abgasen. Frische Luft gibt es echt nur auf dem Land oder in Ortschaften, in denen nicht so viele Autos fahren. Diese sind es schließlich, die die elenden Abgase produzieren und für Klimaerwärmung und Verschmutzung der Weltmeere sorgen. Schrecklich! Die armen Fische! Mit dem Thema Globalisierung und deren Folgen habe ich mich wegen einer Präsentation befasst und kenne daher die vielen Nach- und Vorteile, die sie mit sich bringt.

Ich steige ins Auto und wir fahren nach Hause. Jetzt ist erst einmal Wochenende, das hört sich super an. In wenigen Minuten erreichen wir unser Haus und ich steige aus. Zum Glück bin ich aus dem Krankenhaus draußen, ich hasse es.

„Es ist Post für dich da", kräht mein kleiner Bruder und wedelt mit einem Umschlag.

„Gib her." Neugierig betrachte ich den Umschlag von allen Seiten. Von wem kann der denn sein? Es steht nur mein Name drauf. Seltsam. Der Absender muss ihn direkt in unseren Briefkasten geworfen haben.

„Du kannst ihn auch drinnen öffnen", schlägt mein Vater vor, denn ich stehe noch in der Tür und versperre den Weg.

„Du hast recht." Ich gehe hinein, schlüpfe aus Jacke und Schuhen und schnappe mir anschließend ein Messer, mit dem ich den Brief aufschlitze. Ein weißes Blatt fällt heraus und ich falte es auf. Uff, der Absender hat eine ziemliche Sauklaue. Mühselig entziffere ich die wenigen Worte.

*Na, gut erholt, Baby? Musst ja auch jeden Ast übersehen, Blindfisch. Lass Louis in Ruhe und dir wird nichts mehr geschehen. Sonst folgt mehr!*
*Kathrin*

Kathrin? Hilfe. Geschockt lasse ich mich auf meinen Stuhl fallen. Wem soll ich denn jetzt noch trauen? Alle meine Freundinnen betrügen mich. Oh nein. Ich hasse Streit!

„Von wem ist er denn?", will Mama wissen.

„Von Kathrin", antworte ich knapp.

„Und was hat sie geschrieben?", hakt sie nach.

„Sie hat mir gute Besserung gewünscht und mich gefragt, wie es mir geht", erwidere ich.

„Aha", lässt meine Mutter noch hören, bevor sie in der Küche verschwindet. Zum Glück gibt sie sich damit zufrieden und will den Brief nicht lesen.

Schnell laufe ich die Treppe in mein Zimmer hinauf und werfe mich auf mein Bett. Was soll ich denn jetzt tun? Fieberhaft überlege ich, doch mir fällt keine Lösung ein. Also nehme ich mein Handy, mache ein Bild von dem Brief und sende es Louis. Vielleicht weiß er Rat. Wenig später finde ich diese Idee aber bescheuert und ärgere mich insgeheim darüber, dass ich ihm geschrieben habe. Vielleicht sollte ich doch Kathrin kontaktieren. Also kopiere ich die Nachricht und leite sie an jene weiter.

Sie antwortet schon nach wenigen Sekunden mit einem erschrockenen *Was?*!

Ich schreibe erneut.

*Ich dachte zwar, dass du es auf keinem Fall sein kannst, aber der Beweis ist handfest.*

Auch Kathrin lässt mich nicht lange auf eine Antwort warten.
*Moment, wir telefonieren.*

Kurze Zeit später klingelt tatsächlich mein Handy. „Hallo Kira, das ist ja ein Ding", meldet sich Kathrin aufgeregt.

„Das kann man wohl sagen. Und du warst es auch wirklich nicht?", vergewissere ich mich.

„Nein, spinnst du?"

„Na ja, von Rebekka und Ann-Kathrin hätte ich das mit dem Torpfosten auch nicht erwartet, weil wir beste Freundinnen waren."

Es ist eine Zeit lang still in der Leitung. Kathrin scheint nachzudenken. „Das verstehe ich. Aber glaubst du mir denn nicht?"

„Ich weiß nicht, wem ich überhaupt noch glauben soll", entgegne ich schulterzuckend, obwohl mir klar war, dass sie diese Geste nicht sehen konnte.

„Das stimmt. Ich wüsste an deiner Stelle auch nicht, wem ich glauben sollte."

Kurz bleibt es still.

„Und warum fragst du nicht einfach mal Louis?", nimmt sie den Faden wieder auf.

„Was?"

„Vielleicht kann er dir helfen."

„Ja, mal sehen", antworte ich vage.

„Aber glaub mir bitte, dass ich nichts damit zu tun habe. Ich finde Louis zwar süß, aber ..."

„Aber was?", hake ich nach.

„Ich finde den Torwart der Jungenmannschaft viel süßer. Tut mir leid. Außerdem würde ich dir doch nicht zuerst einen Brief schreiben und es hinterher leugnen. Was hätte das für einen Sinn? Jemand will mich vor dir als Schuldige dastehen lassen."

Das musste ich erst mal sacken lassen. Dieses Argument hatte ich noch gar nicht bedacht, aber sie hatte recht. Wenn sie wirklich den Brief geschrieben hätte, würde sie es wohl zugeben, sonst hätte sie es gleich sein lassen können. Was hätte das Ganze ansonsten für einen Zweck? Außerdem, wenn sie wirklich auf den Torhüter stand ... „Es tut mir leid. Ich glaube, ich habe überreagiert und nicht wirklich nachgedacht“, entschuldige ich mich bei ihr. „Du hast ja überhaupt keinen Grund dazu, einen solchen Brief zu schreiben.“

„Danke“, seufzt sie erleichtert. Ich höre sie lächeln. Ich weiß, man kann ein Lächeln nicht hören, aber in diesem Fall bin ich mir sicher, dass sie eines auf dem Gesicht trägt, was mich enorm beruhigt.

„Okay, dann bis Montag“, verabschiede ich mich. Ich beende die Verbindung und lege mein Handy nachdenklich auf die Seite, als es schon wieder klingelt. „Hallo?“ Ich habe ganz vergessen, einen Blick auf das Display zu werfen, deshalb habe ich keine Ahnung, wer es ist.

„Hey.“ Louis! Was will der denn?

„Hey“, erwidere ich unsicher.

„Na, wie geht es dir?“

„Wieder ganz gut. Nur ... der Zettel“, antworte ich.

„Woher hast du ihn?“

„Er lag im Briefkasten“, erläutere ich.

„Glaubst du, dass er wirklich von Kathrin ist?“, will er wissen.

„Nein, ich habe gerade mit ihr telefoniert.“ Ich bin mir mittlerweile sicher, dass sie nichts damit zu tun hat, man muss auch mal Vertrauen haben, auch wenn es schwerfällt. Außerdem macht es wirklich keinen Sinn.

„Von wem ist er denn dann?“

„Keine Ahnung.“

„So?“, hakt er nach.

„Ehrlich!“, beteuere ich.

„Ja, ja, ich glaube dir schon. Aber es ist echt fies. Und immer kommt diese Ziege und drängt sich zwischen uns.“

„Welche Ziege?“, wundere ich mich.

„Na, die eine da“, mosert er.

„Vivian?“, frage ich.

„Wenn sie so heißt“, schnaubt er.

„Vivian!“, rufe ich laut aus.

„Was ist?“, murmelt er verständnislos.

„Der Zettel.“ Ich lasse mich auf mein Bett fallen.

„Kira? Hallo? Bist du noch da?“, fragt er erschrocken.

„Hmm. Ja.“

„Meinst du, der Brief ist von dieser Vivian?“, schlussfolgert er.

„Warum denn nicht? Ich würde es ihr zutrauen. Immer droht sie mir und im Karate ist sie auch nicht gerade nett“, sage ich.

„Stopp, so kann es nicht weitergehen. So etwas am Telefon zu klären ist schwer. Lass uns etwas ausmachen“, schlägt er vor.

„Wenn du meinst. Wann?“

„Wie wäre es mit morgen nach meinem Spiel?“, fragt er. „Wir können uns am Fußballplatz treffen.“

Ich schlucke. „Ist der Treffpunkt nicht gut?“, vergewissert sich Louis vorsichtig.

„Doch schon, aber ...“, sage ich zögerlich.

„Vivian?“, schließt er aus meiner Reaktion.

„Ja. Ach, ich schaffe das schon.“

„Klar, du machst schließlich Karate“, muntert er mich auf.

„Okay, dann bis morgen.“

„Ciao und schlaf gut.“ Mit diesen Worten legt er auf. Wow, wie kann das sein? Ich bin tatsächlich mit Louis verabredet. Krass!

# Nationalmannschaft der Jugend

Ich schrecke aus dem Bett hoch. Schon wieder ... Warum? In fast jedem meiner Träume spielen Vivian und Louis mit. Gegen Louis hätte ich zwar nichts, aber Vivian? Muss das denn sein?

Es ist kurz nach sechs, zu früh, um aufzustehen, das ist klar. Aber schlafen kann ich jetzt auch nicht mehr. Was nun? Lesen? Gute Idee, vielleicht komme ich dadurch auf andere Gedanken. Ich schnappe mir ein Buch und beginne. Nach wenigen Minuten hat es mich in seinen Bann gezogen und ich bin in eine andere Welt eingetaucht.

Als ich wieder auf meine Uhr schaue, ist es schon kurz vor zehn. Mist, da muss ich mich jetzt aber beeilen. Ich wollte doch beim Spiel zusehen!

Nachdem ich mich angezogen habe, stürme ich rasch die Treppe hinunter. „Du warst so in dein Buch vertieft, da wollten wir dich nicht stören“, entschuldigt sich meine Mutter.

„Schon klar“, antworte ich.

„Warum hast du es denn so eilig?“, hakt mein Vater nach.

„Isch will uf den Fußballplatz“, mümmle ich, weil ich mir gerade ein Frühstücksbrot zwischen die Zähne schiebe.

„Wohin? Auf den Fußballplatz? Aber du hast doch gar kein Spiel“, stellt mein Vater fest und lugt hinter seiner Zeitung hervor.

„Nein, ich nicht. Aber eine andere Mannschaft, da will ich zusehen.“

„Aha, okay. Aber bis zum Mittag bist du wieder da?“, fragt meine Mutter.

„Das weiß ich noch nicht.“

„Dann ruf bitte an, falls du kommst“, fordert sie.

„Ich gebe dir etwas Geld mit, dann kannst du auch im Vereinsheim eine Pizza essen“, fügt mein Vater hinzu.

„Das ist super. Vielen Dank!“ Stürmisch falle ich ihm um den Hals und eile kurze Zeit später aus dem Haus. Ich habe beschlossen, zu Fuß zu gehen. Wer weiß, über welche Stämme ich sonst noch falle. Außerdem kann dann niemand mein Fahrrad demolieren Falls jemand das vorhätte. Möglich ist alles. So ist es auf jeden Fall besser.

Um halb elf komme ich schließlich außer Atem am Fußballplatz an. Das Spiel hat schon angefangen. Noch fünfzehn Minuten, dann ist Pause. Wie steht es denn? Mal sehen. Löchgau gegen ... gegen ... gegen was? Gegen Nationalmannschaft? Wie? Das verstehe ich jetzt nicht. Wahrscheinlich die Jugendnationalmannschaft. So muss es sein. Aber warum? Sind sie so gut? Scheint so.

Na, wie steht es denn jetzt? Null zu null. Dann sind sie wohl echt gar nicht so schlecht.

Endlich, es ist Pause! Schnell laufe ich hinunter zu Sven und Simon, die auf der Bank sitzen und ihre Spieler loben.

„Hallo Kira, was machst du denn hier?“, begrüßt mich Sven.

„Zuschauen“, antworte ich.

„Und wie hat es dir gefallen?“, fragt Simon.

„Ich bin noch nicht sehr lange da. Aber warum spielt ihr gegen die Nationalmannschaft?“

„Um zu testen, wie gut wir sind. Außerdem ist ein Talentsucher der Jugendnationalmannschaft anwesend“, erklärt Simon mir.

„Ach so.“ Ich staune.

„So, Jungs, jetzt schnauft mal durch, damit ihr in der zweiten Halbzeit wieder fit seid“, wendet sich Sven an die Spieler.

„Schon gut“, antwortet der Torwart.

„Dann gehe ich mal wieder auf die Tribüne“, verkünde ich.

„Warum denn? Bleib doch hier als unser Maskottchen“, meint Sven.

„Na gut“, entgegne ich. Also setze ich mich auf die Ersatzbank zwischen Sven und Simon.

„Hier kannst du viel lernen“, wendet sich Louis an mich.

„Ja, da hast du recht. Vor allem von der Nationalmannschaft“, lache ich.

„Aber hör mal, natürlich auch von uns“, empört er sich.

„Ja, ja, stimmt schon“, beschwichtige ich ihn.

Schon ist die Halbzeitpause vorbei und die Mannschaften laufen wieder aufs Feld. Der Anpfiff ertönt und der Ball beginnt zu rollen.

Ein Tor fällt nicht, obwohl der Ball immer wieder gefährlich darauf zuschießt. Der Torwart der Löchgauer ist wirklich gut. Beide sind gut, auch der Keeper der Nationalmannschaft hält hervorragend. Da kann man echt noch etwas lernen. Also schaue ich genau hin.

Fünf Minuten, dann ist das Spiel aus und noch immer ist kein Tor gefallen. Schade.

Doch plötzlich bekommt Louis den Ball und stürmt nach vorne. Er wird immer schneller und schlägt Haken um die gegnerischen Spieler. Das sieht vielleicht super aus! Schon ist er am Tor angekommen, zielt und schießt. Der Torwart wirft sich in die untere Ecke, doch der Ball war mit Effet geschossen und landet im oberen Winkel. Die Zuschauer springen von ihren Plätzen auf und jubeln los. Die Löchgauer haben gewonnen. Wahnsinn! Wie toll ist das denn? Gegen die Nationalmannschaft! Zwar nur mit einem Tor Vorsprung, aber immerhin.

Alle Spieler laufen auf Louis zu und umarmen ihn. Gemeinsam schleudern sie ihn triumphierend in die Höhe und kriegen sich vor Freude gar nicht mehr ein. Der Schiedsrichter stößt einen schrillen Pfiff aus, das Spiel ist zu Ende! Inzwischen sind auch die Ersatzspieler, Sven und Simon aufgesprungen und laufen freudestrahlend auf die Jungen zu. Nach einigen Minuten kommen sie vom Feld zurück. „Wie wäre es, wenn wir eine Pizza im Vereinsheim essen? Und ein bisschen feiern?“, schlägt Sven vor.

„Gute Idee“, schnaubt Louis, der sich inzwischen von seinen Freunden befreit hat.

„Willst du mitkommen, Kira?“, fragt Sven mich.

„Warum nicht?“, antworte ich und freue mich mit den Jungen über ihren tollen Sieg.

Nachdem alle sich umgezogen und geduscht haben, machen wir uns auf den Weg zum Vereinsheim. Glücklich lassen sich die Jungs auf die reservierten Plätze sinken und lachen immer noch.

„Wir waren echt super!“, strahlt Louis.

„Da hast du recht“, pflichtet Simon ihm bei.

„Einfach genial!“, stimmt auch Sven zu.

„So, jeder darf sich eine Pizza nach Wunsch bestellen. Bezahlt wird aus der Vereinskasse. Klar?“, erklärt Simon.

„Verstanden", rufen die Jungen im Chor.

„Ich habe selbst Geld dabei", melde ich mich zu Wort.

„Nein, nein, du darfst auf unsere Kosten essen. Schließlich warst du unser Maskottchen", lacht Sven.

„Ähm. Vielen Dank", murmle ich.

Nachdem alle ihre Pizza verdrückt haben, wird noch eine Weile gequatscht. „Na, wer von euch hat schon eine Freundin?", fragt einer der Spieler in die Runde.

Mein Blick wandert Hilfe suchend zu Sven. Doch der lächelt mich nur an. Was soll ich denn jetzt tun? Das ist ja megapeinlich! Als ob ich lauschen wolle. Na ja, sie wissen schließlich, dass ich da bin, selber schuld.

Mehrere Finger schießen in die Höhe. Was, so viele haben eine Freundin?

„Louis, was ist mit dir?", wendet sich einer der Jungen an ihn.

„Ich ... äh ...", stammelt er. Der Arme!

„Du bist doch bestimmt beliebt bei den Mädels, weil du gut aussiehst. Warum hast du noch keine Freundin?", bohrt der andere weiter.

„Weil ... Daniel hat doch auch keine Freundin", wehrt Louis sich.

„Ausgerechnet die hübschesten Jungs sind leer ausgegangen", scherzt ein Mitspieler.

„Was ist denn daran schlimm?", mischt sich Sven ein.

„Eigentlich nichts, aber ...", setzt einer zur Erklärung an.

„Aber was? Bei den Mädels wird nie über so etwas geredet", wirft der Trainer in den Raum.

„Klar, die reden über Nagellack und über Jungs, nur nicht vor dir", kontert einer der Spieler.

„Das weiß ich nicht. Aber ihr redet ja auch vor Mädchen über solche Sachen." Sven lächelt mir zu, woraufhin mich die Jungs erschrocken anstarren.

„Sie ist unser Maskottchen", verharmlost Daniel nun das Geschehen.

„Stimmt", fallen die anderen erleichtert ein.

„Ist doch nicht so schlimm", meint Simon, „aber ihr könntet über etwas anderes reden, das auch Kira interessiert."

„Klar“, versichert ein Junge mit Locken.
„Hast du denn schon einen Freund?“, will derselbe Typ wie vorhin nun von mir wissen. Was soll denn das?
„Nein“, erwidere ich knapp und leicht genervt.
„Wie alt bist du?“, wirft einer mit braunen Haaren ein.
„Zwölf“, gebe ich Auskunft.
„Jetzt fragt ihr doch keine Löcher in den Bauch“, nimmt Sven mich in Schutz.
„Entschuldigung. Aber wenn Kira keinen Freund hat, dann wäre sie vielleicht etwas für Louis oder Daniel“, lacht der Junge, der dieses Gespräch angezettelt hat.
„Können wir nicht über etwas anderes reden?“, wehrt Daniel sich.
Seine Bitte wird erhört, das Thema wird fallen gelassen und das Gespräch schwenkt hinüber zu Fußball, bis Simon und Sven aufstehen und sich verabschieden. Nach und nach verschwinden auch die Spieler. Langsam schlendere ich nach draußen und beschließe, dort auf Louis zu warten.

# Erstes Date

Die Jungen werden von ihren Eltern abgeholt und bald ist niemand mehr zu sehen. Wo ist Louis nur?

Als er nach fünf Minuten immer noch nicht da ist, beschließe ich zu gehen. Ich bin traurig. Ob er mich vergessen hat? Scheint so. Ich habe mich bereits umgedreht und will gerade davonmarschieren, als mich jemand von hinten anspricht.

„Hey, wo willst du so schnell hin?"

„Nach Hause", antworte ich, ohne mich umzudrehen.

„Schon?" Es klingt enttäuscht. „Wir wollten doch reden."

„Reden?" Langsam drehe ich mich um. „Ich dachte, du wärst schon weg, weil du nicht aufgetaucht bist."

„Nein. Du siehst doch, dass ich hier bin", erwidert Louis. „Kommst du?"

„Wohin?", frage ich.

„In ein Geheimversteck." Er lächelt mir zu.

Wir machen uns auf den Weg in den Wald. Ein Geheimversteck? Das hört sich echt spannend an.

„Die Jungs reden viel Stuss, stimmt's?", fragt er plötzlich.

„Ja, kann man so sagen", antworte ich.

„Hast du echt noch keinen ... Freund? Oder hast du das nur so gesagt?", fasst er sich ein Herz.

„Wirklich, ich hab keinen", sage ich. „Und du?"

„Freunde habe ich viele, eine Freundin aber nicht ... leider."

„Warum?", hake ich nach.

„Weil ich gerne eine hätte", gibt er Auskunft. So ist das also.

„Ich habe eher gedacht, dass du schon eine hast", erkläre ich.

„Wie kommst du darauf?" Louis ist erstaunt.

„Nur so", antworte ich. Dann gehen wir schweigend nebeneinanderher, bis er stehen bleibt und ein Tor öffnet. Wir treten hindurch und finden uns in einem Garten wieder.

„Der gehört uns“, sagt Louis, bevor er auf einen Baum zugeht.

Langsam folge ich ihm. Und erst im Näherkommen erkenne ich das mächtige Baumhaus, das in der Baumkrone thront. Es sieht urgemütlich aus. Ohne Umschweife klettern wir eine Leiter nach oben, welche Louis anschließend zu uns hochzieht.

„Damit uns niemand stören kann“, erklärt er mit einem Lächeln auf dem Gesicht.

„Das ist gut.“ Ich mag mir gar nicht ausmalen, was passieren würde, wenn plötzlich jemand auftaucht. Aber so sind wir alleine. Hilfe! Ob das so toll ist? Mal sehen.

„Komm rein“, fordert Louis mich auf und hält mir eine Tür auf, die von der Terrasse in einen großen Raum führt.

Es gibt nur diesen einen Raum und darin stehen ein Tisch und ein Sofa. Wie er das wohl hier hochbekommen hat? An der Wand hängt eine Uhr in Herzform. Es ist erst halb drei. Meine Eltern erwarten mich hoffentlich nicht so bald zu Hause.

„Setz dich!“, fordert er mich auf.

Ich gehorche und lasse mich auf die Couch sinken. Er hockt sich neben mich.

„Woher hast du den Brief?“, bricht er das Schweigen.

„Er lag im Briefkasten, als ich aus dem Krankenhaus wiederkam“, antworte ich.

„Und du bist sicher, dass er nicht von Kathrin ist?“

„Ja“, bestätige ich. „Ich vertraue ihr und außerdem ergibt das Ganze keinen Sinn, wenn sie den Brief geschrieben hätte. Außerdem ...“

„Rebekka und Ann-Kathrin hast du auch vertraut. Oder?“, wendet er ein, indem er mich unterbricht.

„Ja. Aber davor kam es zwischen uns immer wieder zum Streit.“ Ich wundere mich, wie leicht es mir fällt, über solche Dinge mit einem Jungen zu reden.

„Außerdem was? Ich hatte dich unterbrochen“, kommt er darauf zurück.

„Ähm ... außerdem ... findet Kathrin dich zwar süß, aber ...“, stottere ich.

„Aber was?“, ermuntert er mich zum Weitersprechen.

„Sie mag Daniel lieber“, verrate ich ihm schließlich. „Nach diesem

Geständnis habe ich ihr endgültig geglaubt.“ Erleichtert entweicht die Luft, die Louis angehalten hat.

„Okay, dann kann es wirklich nur die Ziege gewesen sein. Wie heißt sie noch mal?“

„Vivian.“

„Danke. Vielleicht kann ich mir das irgendwann mal merken.“

„Und du findest sie nicht ... na ja ... toll?“, frage ich vorsichtig.

„Spinnst du? Ich finde, sie ist eingebildet und hält sich für etwas Besseres“, protestiert er.

Erleichtert seufze ich, weil eine Last von mir abfällt. Jetzt bin ich mir sicher, dass er sie nicht mag.

Er scheint gemerkt zu haben, dass ich mich freue, denn er fährt vorsichtig fort: „Du bist mir lieber.“

War das etwa eine Liebeserklärung? In meinem Bauch fliegen Tausende Schmetterlinge und meine Knie werden ganz weich. Ich bin verliebt!

Liebevoll schaut er mich aus seinen dunkelbraunen Augen an. Ich erwidere seinen Blick.

„Alles okay? Sag doch was“, fordert er mich auf.

„Ähm ...“ Mein Kopf ist plötzlich wie leer gefegt.

„Ähm?“, wiederholt er. Doch weil ich kein weiteres Wort zustande bringe, fährt er fort: „Ich wollte dich schon lange fragen, ob du nicht meine Freundin sein möchtest.“

„Ich? Was?“ Verdattert schaue ich ihn an.

„Ja, du und niemand sonst“, bekräftigt er lächelnd.

„Äh ... ja. Sehr gerne sogar“, erwidere ich aufrichtig.

„Das ist toll.“ Er strahlt mich glücklich an und steht auf.

Wohin will er denn? Behutsam nimmt er meine Hand und zieht mich hoch. Wenig später finde ich mich in einer Umarmung wieder. Er hat mich einfach in seine Arme geschlossen und so stehen wir eine Weile da. Ganz dicht aneinandergeschmiegt. Irgendwann löst er sich von mir, schaut mir direkt in die Augen und gibt mir einen sanften Kuss. Glücklich schaue ich ihn an, bis er mich loslässt und wir uns wieder hinsetzen.

„Du hast mir auf den ersten Blick gefallen“, gesteht er mir

„Du mir auch“, seufze ich.

„Ich wollte es dir schon so lange sagen, aber ich hatte Angst. Außerdem kam immer Vivian dazwischen."

„Und ich dachte erst, dass sie deine Freundin ist", gebe ich kleinlaut zu.

Als Antwort beugt er sich vor und gibt mir noch einen Kuss.

Herrlich!

„Es ist doch in Ordnung, wenn ich dich küsse. Oder?", vergewissert er sich.

„Klar. Warum nicht?"

„Es wäre schade gewesen, wenn ich das nicht dürfte", raunt er mir zu.

„Ja", pflichte ich ihm bei.

„Warum?", hakt er nach.

„Weil deine Küsse herrlich sind!" Und nachdem ich diese Worte ausgesprochen habe, küsst er mich noch einmal.

Schließlich rückt er etwas näher und legt einen Arm um mich. „Du willst sicher nicht, dass es gleich alle wissen. Oder?"

Ich habe gar nicht gedacht, dass ein Junge so einfühlsam sein kann. „Nicht unbedingt", gebe ich zu. „Du?"

„Ich auch nicht. Zumindest nicht gleich. Dann küsse ich dich eben nur, wenn wir alleine sind", beschließt er.

Ich nicke, denn ich bin wirklich nicht scharf darauf, dass alle über uns und unsere Beziehung quatschen.

„Um wieder auf unser eigentliches Thema zurückzukommen: Was machen wir mit Vivian?" Louis sieht mich fragend an.

„Ich weiß es ehrlich gesagt nicht. Hast du nicht eine Idee?", erwidere ich.

„Keine Ahnung. Aber es ist gut so."

„Was?" Entgeistert starre ich ihn an.

„Nein, es ist nicht gut ... Also, ich meine, es ist gut, dass wir uns", er zögert kurz, „lieben?" Es klingt wie eine Frage.

„Ja, lieben", bestätige ich.

„So können wir gemeinsam etwas gegen die Ziege unternehmen", fährt Louis fort.

„Du hast recht. Nur was? Wir haben noch nicht einmal Beweise, dass sie es war", gebe ich zu bedenken.

„Stimmt. Vielleicht sollten wir einen Erwachsenen einweihen?", schlägt er vor. „Wie wäre es zum Beispiel mit Sven?"

„Sven? Unser Trainer?"

Er bemerkt natürlich, dass ich zögere. „Warum nicht?"

„Weiß nicht", gebe ich zu.

„Er ist wirklich okay", versucht er mich zu überzeugen.

„Mhm", entgegne ich. „Weiß er eigentlich, dass du in mich verliebt bist?", frage ich schließlich mutig.

Louis nickt. „Wir verstehen uns gut, und da mein Vater selten zu Hause, sondern oft auf Geschäftsreisen ist, ist er für mich mehr als ein Freund. Mit ihm rede ich über vieles, das er aber für sich behält. Wie hast du das rausgefunden?"

„Er hat immer wieder so Andeutungen gemacht."

„Aha. Also hat er uns auf die Sprünge geholfen", stellt Louis fest.

„Ja, so kann man das auch sagen. Denn wer hat mich am Dienstag ins Training eingeladen?"

„Stimmt. Das war Sven. Ich freu mich schon drauf." Er lächelt.

„Auf was?"

„Dass ich dich schlagen kann." Er knufft mir in den Arm.

„Das werden wir ja sehen", protestiere ich. „Was nun?", komme ich aufs Thema zurück.

„Wir weihen am Dienstag Sven ein. Ich kann ja vorher schon mal mit ihm reden. Okay?"

„Wenn du willst", stimme ich zögernd zu.

„Klar. Schließlich wird meine Freundin bedroht." Er zieht mich näher an sich heran und gibt mir einen Kuss, der genauso schön wie die anderen ist. Ich liebe es!

Ich schmiege mich eng an ihn und Louis streicht mir langsam über meinen Arm. Ist das schön!

„Wollen wir noch eine Weile hier sitzen bleiben?", fragt er.

„Gerne. Ich habe nichts dagegen." Louis sieht unglaublich glücklich aus, so glücklich, wie ich mich fühle. „Ich ... ich ... ich liebe dich", presse ich stotternd hervor.

„Ich dich auch", erwidert er strahlend. „Am Anfang hatte ich immer Angst, dass du mich nicht magst", gibt er zu.

„Die Angst hatte ich umgekehrt auch. Aber jetzt ..."

„... ist es wunderschön“, vollendet er meinen Satz.

Wir sitzen noch ewig so da und unterhalten uns über unsere Gefühle, bis Louis auf die Uhr schaut und feststellt, dass es schon sechs ist.

„Wir haben die Zeit vergessen“, lache ich.

„Kein Wunder. Mit so einem Mädchen ...“ Er grinst mich schelmisch an.

„Dann müssen wir wohl mal“, seufze ich.

„Wir sehen uns doch morgen?“, will er wissen.

„Klar. Halt einen Platz im Bus für mich frei.“

„Einverstanden. Aber wehe, du kommst nicht“, mahnt er mich.

Wir steigen die Leiter hinunter und machen uns auf den Heimweg.

Zu Hause angekommen begrüßt mich meine Mutter: „Wo warst du denn so lange? Ich habe mir Sorgen gemacht.“

„Fort“, antworte ich knapp.

„Und wo?“

„Auf dem Fußballplatz.“

„So lange?“

„Ja, die Jungs haben knapp gegen die Nationalmannschaft gewonnen“, erläutere ich ihr.

„Nationalmannschaft?“ Meine Mutter blickt mich fragend an.

„Nicht die richtige.“

„Sondern?“, hakt sie nach. Was soll das? Ist das etwa ein Verhör?

„Die Jugendnationalmannschaft. Außerdem war ein Talentsucher da und es wurde noch gefeiert.“

„Und danach?“, bohrt sie weiter.

Warum muss das sein? „Danach habe ich Kathrin getroffen“, lüge ich.

„Aha. Wie dem auch sei, es gibt in einer Stunde Abendessen“, teilt sie mir mit.

„Ja, ist okay.“ Mit diesen Worten lasse ich sie stehen und entschwinde die Treppe hinauf.

In meinem Zimmer greife ich nach meinem Handy. Jemand hat geschrieben. Schnell öffne ich die Nachricht, sie ist von Louis. Mein Herz macht einen Salto und schon wieder habe ich das Gefühl, als würden Tausende Schmetterlinge in meinem Bauch herumflattern. Ach was, es sind viel mehr!

*Und, bist du gut nach Hause gekommen?*, steht auf dem Display.

*Ja. Du?*

*Ich auch*, antwortet er prompt.

*Meine Mutter hat mir Löcher in den Bauch gefragt, wo ich war!*

*Meine auch.*

*Hast du es ihr gesagt?*, will ich wissen.

*Nein, noch nicht.*

*Ich auch nicht. Was machst du?*, frage ich ihn.

*Mit dir schreiben.*

*Und sonst?*

*Dich vermissen!!!*

Ich muss lächeln, als ich diese Nachrichten lese. Prompt tippe ich: *Ich dich auch! Und wie!*

*Das ist lieb. Wir sehen uns morgen. Ich freue mich schon drauf. Schlaf schön*, schreibt er,

*Fühl dich gedrückt und einen dicken Kuss. Bis morgen*, antwortete ich. Danach lege ich mein Handy weg und gehe die Treppe hinunter zum Abendessen.

# Ein Plan muss her

Heute haben Kathrin und ich mit den Jungen Training. Ich freu mich riesig, bin aber auch verdammt aufgeregt.

Gestern habe ich mich wie versprochen im Bus neben Louis gesetzt, sonst haben wir uns nicht mehr gesehen, da ich spät aushatte und anschließend direkt ins Training musste.

Jetzt ist es so weit. Hoffentlich habe ich nichts vergessen. Kathrin wird direkt gefahren, da sie vorher einen Termin hat. Schnell schwinge ich mich auf mein Fahrrad. Auf halber Strecke bemerke ich, dass ich meine Tasche im Flur stehen gelassen habe. Wie ist das denn möglich? Ich drehe um und fahre zurück. Ich klingle und wenig später öffnet meine Mutter die Tür.

„Was ist denn los?", will sie wissen.

„Ich hab meine Tasche vergessen", gebe ich zu.

„Bist du so aufgeregt?"

„Ja, und wie." Ich schnappe mir meine Tasche, verabschiede mich und fahre erneut los.

Louis hat vorgeschlagen, ich solle früher kommen, damit wir in Ruhe alles mit Sven besprechen können. Deswegen bin ich so früh unterwegs. Es ist Viertel nach vier, eigentlich sollte ich schon dort sein, deswegen lege ich einen Zahn zu, um nicht noch später zu kommen.

An der Halle angelangt, schließe ich mein Rad ab und schaue mich um. Wo sind die beiden nur? Da sehe ich Louis, der neben Sven an einem Auto lehnt und mir zuwinkt. Ich laufe zu ihnen hinüber.

„Hallo Kira", begrüßt mich Sven. „Ich denke, das, was ihr auf dem Herzen habt, sollten wir nicht hier besprechen. Wir können zu mir gehen."

„Ja, es wäre vielleicht besser", stimmt Louis zu.

„Warum bist du so spät?", fragt Sven mich.

„Ich hatte meine Tasche vergessen und musste noch einmal umkehren", antworte ich.
„Na, so aufgeregt?" Louis knufft mir in den Arm.
„Ja, irgendwie schon."
„Warum denn? Ich beiße nicht", lacht Sven.
„Na, wegen ..." Tja, weswegen eigentlich? Wegen des Trainings? Oder weil wir gleich mit Sven über Vivian sprechen würden? Wahrscheinlich wegen beider Dinge.
„Na, wenn das so ist, dann fahren wir mal." Sven öffnet den Kofferraum und stellt meine Tasche hinein. Louis klettert schon auf den Rücksitz und ich tue es ihm sofort gleich, indem ich die andere Tür nehme.
Wenig später sind wir bei Sven angekommen, der in einer hübschen Wohnung lebt. Staunend blicke ich mich um.
„Wollen wir ins Wohnzimmer?", fragt unser Gastgeber.
„Gerne", antwortet Louis, der sich hier sichtlich gut auskennt.
„Ich hole noch schnell etwas zu trinken." Mit diesen Worten geht Sven in Richtung Küche davon.
„Dann zeige ich dir das Wohnzimmer." Louis lächelt mich an.
In dem gemütlichen Raum stehen ein Sofa, ein Sessel und ein Fernseher. Außerdem zieren Regale mit Pokalen und Büchern die Wände. Es ist richtig heimelig.
„Wo bleibt Sven?", frage ich.
„Hast du was dagegen, dass wir alleine sind?", erwidert Louis mit hochgezogener Augenbraue.
„Nein, warum sollte ich?"
Er setzt sein besonderes Lächeln auf, zieht mich in seine Arme und drückt mich ganz fest an sich. „Hey erst mal. Ich habe dich noch gar nicht richtig begrüßt", haucht er mir ins Ohr.
„Ich dich auch noch nicht", gebe ich zu.
„Wie wäre es mit ..." Er unterbricht sich selbst und küsst mich stattdessen. Wieder einmal ist es wunderschön.
Ich glaube, genau das Gleiche denkt er auch, denn ehe ich mich versehe, küsst er mich noch einmal. Danach hält er mich fest umschlungen in seinen Armen. Und so stehen wir da, ich habe meinen Kopf an seine Brust gelehnt und seufze. Wie schön das Leben doch

sein kann! „Ähm“, räuspert sich Sven. „Entschuldigung, wenn ich störe.“

„Du störst doch nicht“, meint Louis gnädig, der mich immer noch festhält.

„Kira sieht das vielleicht etwas anders. Schließlich bin ich ihr Trainer, den sie noch nicht lange und gut kennt“, erwidert er.

Damit trifft er den Nagel auf den Kopf. Er wäre sicher nicht der Erste gewesen, dem ich so etwas Privates erzählt hätte. Aber er scheint ohnehin Bescheid zu wissen.

Sven setzt sich in den Sessel und wartet, bis wir uns auf dem Sofa niederlassen. „Du kannst Kira nachher wieder umarmen“, schmunzelt Sven, als er bemerkt, wie unwillig Louis mich loslässt.

„Ja“, seufzt mein Freund.

„Na, dich hat es aber schwer erwischt“, lacht Sven. „Doch jetzt lasst uns anfangen, wir haben nicht allzu lange Zeit. Kira, ist alles in Ordnung?“, wendet er sich nun an mich.

„Ja, warum?“, erwidere ich verdutzt.

„Weil du noch nichts gesagt hast.“

„Was soll ich auch sagen? Schließlich kenne ich dich erst seit ein paar Wochen“, gebe ich zurück.

„Genau wie Louis“, neckt er mich.

„Ja, stimmt wohl ...“ Ich erröte leicht, weil es mir offenbar nicht schwerfällt, Louis nach derselben Zeit wesentlich mehr zu vertrauen.

„Macht doch nichts“, winkt Sven ab und kommt anschließend auf unser eigentliches Thema zu sprechen. „Das mit dem Brief finde ich unverschämt. Louis hat mir schon von Vivian erzählt, als sie euch immer gestört hat.“

„Du scheinst echt alles zu wissen“, staune ich.

„Ich glaube, es gibt tatsächlich fast nichts, das ich nicht über Louis weiß“, antwortet Sven. „Ich hoffe, du hast nichts dagegen.“

„Nein. Warum auch? Es ist doch Louis’ Entscheidung, wem er was erzählt, oder?“

„Ja, schon. Aber ich kann mir vorstellen, dass du irgendwann nicht mehr möchtest, dass ich alles weiß. Das wäre beinahe so, als würde ich euch auf Schritt und Tritt begleiten.“

Darüber habe ich noch gar nicht nachgedacht. Will ich wirklich, dass er alles weiß? Eigentlich ist es nicht so schlimm, aber manchmal wäre es bestimmt peinlich.

„Solange du es für dich behältst und nichts weitererzählst, ist das für mich in Ordnung“, sage ich deswegen und meine es ehrlich.

„Wenn du möchtest, können wir auch mal reden. Wenn dich etwas bedrückt, meine ich, und du mit niemand anderem darüber sprechen möchtest. Ich sage nichts weiter. Versprochen. Manchmal ist es so, dass man sich niemandem aus der Familie mitteilen möchte“, bietet er mir an.

„Hey“, protestiert Louis, der bis jetzt stumm zugehört hat.

„Schon klar, ich nehme sie dir nicht weg“, verteidigt sich Sven, „aber vielleicht möchte sie dir auch nicht alles sagen, weil sie Angst hat.“

„Angst? Und du vermittelst dann zwischen uns?“, fragt Louis.

„Wenn du willst. Manchmal ist es hilfreich“, meint Sven. „Genau so war es, weil ich wusste, dass du sie magst.“

„Ja, das war allerdings hilfreich“, stimme ich zu.

„Und wenn ich etwas von euch beiden weiß, kann ich helfen. Nur so für die Zukunft.“ Sven lächelt uns vertrauenerweckend zu

Louis nickt und stellt dann die Frage, auf die noch keiner eine Antwort gefunden hat: „Was machen wir denn jetzt mit Vivian?“

„Erst einmal sollten wir herausfinden, ob sie es wirklich war. Ich meine, ob sie an deinem Unfall schuld ist, Kira“, beginnt Sven seine Überlegungen.

„Ja, und wie sollen wir das anstellen?“, melde ich mich zu Wort.

„Das weiß ich auch noch nicht“, gibt er zu.

„Lasst uns überlegen“, fordert Louis uns auf.

Was kann man nur machen? Ich könnte sie einfach fragen, aber sicher würde sie alles abstreiten. Vielleicht sollte ich ihr sagen, dass Louis mein Freund ist. Aber dann wäre sie erst recht sauer. Sollte er es ihr sagen? Nein, da wäre kein Unterschied. Was dann? Eine List muss her.

„Wie wäre es, wenn wir sie austricksen“, schlage ich vor.

„Gar keine schlechte Idee, aber wie?“, fragt Louis.

„Kira lässt dich in Ruhe und du sie, somit hat Vivian das erreicht, was sie will. Und dann ...“ Sven macht eine Pause, er scheint nachzudenken. „Dann müssen wir sie in einem Gespräch, das Louis mit ihr führen sollte, überlisten."

„Warum ich?", mault er.

„Weil sie es Kira gegenüber sowieso nie zugeben würde, und wenn du zum Beispiel über Kira herziehen würdest, könnte es doch sein, dass sie etwas verrät."

„Könnte sein, aber ..." Louis stockt kurz, um seinen Einwand vorzubringen. „Dann darf ich ja gar nicht mehr mit Kira reden."

„Nein, du musst sie wie Luft behandeln."

„Na super. Und nachher denkt sie wieder, ich finde Vivian toll", empört sich Louis.

„Dann müsst ihr euch eben außerhalb des Trainings treffen", schlägt Sven vor.

„Und wo, wenn ich fragen darf? Meine Mutter weiß noch nicht einmal Bescheid."

„Aber Kiras vielleicht?" Svens Blick streift mich fragend.

Ich schüttle nur den Kopf. Nein, meine Eltern wissen noch nichts. Ich weiß auch nicht recht, wann ich es sagen soll.

Sven seufzt. „Na, dann kommt ihr eben zu mir."

„Damit wir nicht alleine sind, was?", bemerkt Louis schnippisch.

„Ich kann ja verschwinden oder ihr geht in dein Zimmer, in das ich sowieso nicht komme. Einverstanden?"

„Na gut. Danke", bringt Louis hervor.

„Und du, Kira? Du hast bis jetzt noch gar nichts gesagt."

„Wenn es dir nichts ausmacht, bin ich mit dem Vorschlag einverstanden", erkläre ich.

„Nein, das macht es nicht", bekräftigt Sven. „Also, ab sofort behandelt ihr einander in der Öffentlichkeit wie Luft, und wenn es sich anbietet, stellst du, Louis, Vivian zur Rede."

„Willst du nicht dabei sein, wenn ich sie darauf anspreche?", fragt Louis den Trainer.

„Klar, ich setze mich in die Nähe, halte mir das Handy vor die Nase und tue dabei so, als würde ich schreiben, doch in Wirklichkeit filme ich."

„Super Idee. Nicht, Kira? Ich lasse nicht zu, dass dir noch etwas passiert." Louis hält mich im Arm und ich habe meinen Kopf an seine Schulter gelehnt. Es ist toll, so dazusitzen und seinen herrlichen Duft einzuatmen.

„Ja“, antworte ich.

„So, dann will ich nicht länger stören und in die Küche gehen.“ Sven lächelt uns zu und marschiert zur Tür hinaus.

Jetzt sind wir wieder alleine. Draußen zwitschern ein paar Vögel und die Sonne scheint. Aus der Küche dringen Geräusche, Geklapper von Geschirr, würde ich sagen. Bei uns ist es still, ich höre nur Louis' gleichmäßige Atmung. Ich kuschle mich noch enger an ihn. Er ist so schön warm und hält mich noch stärker fest. Als würde sonst jemand kommen und mich ihm wegnehmen.

„Was machen wir jetzt?“, raunt er in meine Haare.

„Keine Ahnung, was schlägst du vor?“

„Wir bleiben hier sitzen.“

„Das ist eine gute Idee“, finde ich. Plötzlich drückt er mich von sich weg. „Was ist?“, frage ich irritiert.

Er neigt lächelnd den Kopf und seine Lippen nähern sich langsam den meinen. Ich finde mich in einen langen, wunderschönen Kuss verwickelt, der gar nicht mehr aufhören zu wollen scheint. Mitgerissen von seiner Intensität, erwidere ich den Kuss.

„Na endlich“, entfährt es ihm, als er sich von mir löst.

„Was?“, wundere ich mich.

„Endlich hast du mich auch mal geküsst, ich dachte schon, du kannst es nicht.“

„Sorry, aber du küsst so wunderbar“, gestehe ich.

„Du aber auch“, murmelt er und erneut treffen unsere Lippen aufeinander.

Plötzlich klopft es an der Tür. „Wir sollten los“, ruft Sven.

„Wir kommen“, antwortet Louis. Dann steht er auf und zieht mich in seine Arme. „Tut mir leid, aber ab jetzt bist du nur noch Luft für mich. Und wehe, du denkst, dass ich Vivian liebe.“

„Ist schon gut“, erwidere ich.

„Wir schreiben uns dann umso öfter.“ Er öffnet die Tür und wir treten in den Flur hinaus.

„Na, alles klar?“, begrüßt uns Sven.

„Ja“, antworten wir im Chor.

„Dann lasst uns fahren."

Schnell schlüpfen wir in unsere Turnschuhe und laufen hinaus zum Auto. Wenig später befinden wir uns auf dem Weg zur Halle, aber es gibt einen Stau. Warum nur?

Es dauert eine halbe Ewigkeit, bis wir endlich ankommen. Ein Auto ist in ein anderes hineingefahren, und bis das behoben war, hat es ewig gedauert. Also erscheinen wir erst zehn Minuten nach Trainingsbeginn.

# Fußball und Liebe

„Zieht euch bitte schnell um, damit wir anfangen können", mahnt Sven die beiden.

„Und wo?", will ich wissen.

„Entweder du kommst mit mir mit oder du gehst mit Louis. Es tut mir leid, daran, dass du eine andere Umkleide brauchst, habe ich nicht gedacht und der Rest ist besetzt."

„Ist nicht so schlimm", entgegne ich.

„Dann komm", fordert Sven mich auf.

„Nein, sie kommt mit mir", protestiert Louis.

„Mir ist es egal. Ihr seid sowieso beide Jungs", meine ich, woraufhin die beiden zu lachen anfangen. Dann verschwindet Sven in der Trainerumkleide und lässt mich bei Louis zurück.

„Na, dann komm, du Schöne", fordert mein Freund mich auf.

„Bin schon unterwegs."

Ich folge ihm einen Gang entlang zu einer Umkleide, in der nur Taschen und Klamotten herumliegen. Sonst ist niemand mehr da. Klar, das Training hat schon angefangen. Ich stelle meine Tasche ab und hänge meine Jacke an einen Haken.

„Ich schaue auch weg, wenn du willst", bietet Louis mir an.

„Musst du nicht", antworte ich.

„Ehrlich?"

„Ja, warum auch? Ist doch nichts dabei." Ich zucke mit den Schultern und streife meine Turnschuhe ab. Dann öffne ich meine Tasche und nehme meine Klamotten heraus. Die Schuhe stelle ich auf den Boden.

Louis ist inzwischen aus seinem Shirt geschlüpft und kommt auf mich zu. Seine Brust ist richtig muskulös, stelle ich fest. Auch ich habe bereits mein Oberteil abgelegt und will mir gerade mein T-Shirt nehmen, als er mich einfach in seine Arme zieht. Einen Moment lang lausche ich einfach nur seinem Herzschlag. Poch, poch, poch.

Dann hebe ich meinen Kopf und sehe ihm direkt in die Augen. Er ist ein ganzes Stück größer als ich. Er gibt mir einen Kuss, streichelt mir über meinen nackten Rücken und lässt mich wieder los. Das kribbelt wie verrückt. Einfach super!

„Dann beeil dich mal“, lacht er. Schnell schnappe ich mir mein T-Shirt, schlüpfe hinein und ziehe meine Hose herunter. Wenig später trage ich Sportshorts, Schienbeinschützer, Stulpen und Schuhe und warte, bis Louis ebenfalls fertig ist. „Du bist ganz schön schnell“, stellt er fest. Als wir auf dem Platz ankommen, ist einiges los, denn sie haben bereits mit dem Aufwärmen angefangen.

Nachdem wir noch ein paar Aufwärm- und Dribbelübungen gemacht haben, meint Simon: „Wie wäre es mit einem kleinen Match?“

„Au ja“, rufen alle.

Schnell teilt er uns in zwei Mannschaften auf. Ich bin mit Kathrin im Team, Louis und Daniel spielen in der gegnerischen Mannschaft.

„Na, dann kann es ja losgehen.“ Mit einem Pfiff in seine Schiedsrichterpfeife gibt Simon den Ball zum Spielen frei.

Schnell stelle ich fest, dass die Jungs megagut sind. Plötzlich kommt der Ball auf mich zugeschossen und ich hechte ihm nach. Gehalten! Meine Mannschaft jubelt und schon geht es weiter. Endlich bekommt Kathrin mal den Ball. Davor wurde sie wie Luft behandelt. Wahrscheinlich denken die Jungen, dass Mädchen nicht Fußball spielen können. Dafür legt Kathrin jetzt richtig los. Sie bahnt sich einen Weg durch die gegnerische Abwehr und steht kurz darauf alleine vor dem Tor. Mit einem Bein holt sie weit aus und dann zieht sie ab. Der Ball fliegt. Er schraubt sich hoch in die Ecke und landet ... im Netz. Wahnsinn! Daniel hat ihn nicht gehalten.

Wieder jubeln die Jungs los. Kathrin aber geht auf Daniel zu, der noch am Boden liegt, und hilft ihm hoch. Das ist echt nett von ihr.

Einige Zeit geschieht nichts mehr, bis Louis den Ball bekommt und alleine vor meinem Tor auftaucht. Er holt ebenso wie Kathrin vorher noch einmal kräftig aus und schießt. Direkt in den Winkel! Ich recke mich und strecke mich und fische den Ball tatsächlich mit der rechten Hand aus dem Netz. „Wahnsinn“, ruft Simon von der Seitenlinie. „Seit wann spielst du schon?“

„Erst seit Anfang dieses Schuljahres."
„Wow ... Spitzenleistung." Dann pfeift er ab.
Wir haben gewonnen! Durch das Tor von Kathrin und weil ich Louis' Schuss pariert habe.
„Und ich dachte immer, dass Mädchen nicht Fußball spielen können", wundert sich einer der Jungen und schüttelt den Kopf.
Kathrin kommt zu mir und wir klatschen uns ab. Das Spiel ist wirklich verdammt gut gewesen.
„So, für heute sind wir fertig", beendet Simon das Training. „Geht euch umziehen."
Sven hat sich neben mich und Kathrin gestellt. „Könntet ihr mit dem Umziehen warten, bis die Jungs fertig sind?"
„Nein, ich fahre gleich nach Hause und dusche dort", beschließt Kathrin.
„Ja, ich kann warten", sage ich.
„Jungs, bitte beeilt euch ein bisschen. Kira möchte sich auch noch umziehen", ruft Sven den davontrabenden Spielern hinterher.
„Machen wir", kommt es einstimmig zurück.
„Und was mache ich so lange?", frage ich.
„Du kannst bei uns bleiben, wir müssen die Tore aufräumen und die Hütchen, die vom Aufwärmen noch da sind", erklärt Simon.
„Gut, dann lasst uns loslegen", fordere ich die beiden Trainer auf.
„Könntest du ab jetzt bereits in Trainingskleidung hier erscheinen?", bittet mich Sven.
„Warum?"
„Damit du dich nicht vorher umziehen musst, nach dem Training kannst du gerne nach den Jungs in die Umkleide", erklärt Sven.
„Du meinst, wir sollen jetzt jeden Dienstag kommen?" Ungläubig schaue ich ihn an.
„Warum denn nicht? Ihr könnt viel lernen und der Rest der Mädchen ist nicht so weit, deshalb kann ich euer eigentliches Training nicht schwerer gestalten."
„Es wird aber noch anstrengender werden", schaltet sich Simon ein. „Wenn euch das nichts ausmacht, seid ihr herzlich willkommen."
„Nein, ich bin Anstrengung gewohnt", erwidere ich.

Wir stellen die Tore an ihre Plätze zurück, da wir das Feld vorhin kleiner gemacht haben, und sammeln die Hütchen ein.

„Fertig“, strahlt Simon.

„Dann lass uns schauen, ob die Jungs schon weg sind“, meint Sven.

„Ja.“ Ich folge ihm zu den Umkleiden.

Sven klopft an und betritt den Raum. Ich bleibe davor stehen, schließlich weiß ich nicht, ob noch jemand drin ist.

„Hättet ihr euch nicht beeilen können?“, höre ich den Trainer sagen.

„Nein, warum?“, antwortet jemand.

„Hopp, raus mit euch.“

Wenig später geht die Tür auf und einige Jungen stürmen heraus.

„Du kannst reinkommen“, ruft Sven mir zu.

Ich öffne die Tür und betrete die Umkleide. Doch es sind noch nicht alle Jungen fort. Louis steht in einem um seine Hüften gewickelten Handtuch vor mir.

„Wollt ihr morgen zu mir kommen?“, fragt Sven uns beide.

„Mal sehen“, erwidere ich vage.

„Warum?“, will Louis sofort wissen.

„Ich habe morgen Karate und weiß nicht, ob mir die Zeit davor reicht.“

„Komm einfach bei Sven vorbei, wenn du Zeit hast, ich bin so oder so da. Meine Mutter arbeitet und kommt erst spät nach Hause“, erklärt Louis mir.

„Und du arbeitest nicht?“, frage ich Sven. Dass er als Trainer so viel verdient, dass er davon leben kann, glaube ich nicht.

„Doch, vormittags. Nachmittags arbeite ich meistens von zu Hause aus. Gerade wegen Louis“, teilt mir Sven mit. „Willst du dich nicht endlich mal anziehen?“, wendet er sich an ebenjenen, bevor er die Kabine verlässt.

„Hast du geduscht?“ Ich deute auf sein Handtuch.

„Ja, ich dusche immer nach dem Training. Du nicht?“

„Nein, eigentlich nicht. Ich dusche zu Hause.“

„Schade.“ Höre ich nicht richtig oder schwingt da ein bisschen Enttäuschung in seiner Stimme mit?

Ich zucke die Achseln, wende mich meiner Tasche zu und befördere die Kleidung, die ich vorhin sorgfältig zusammengelegt habe, ans Tageslicht. Als Nächstes ziehe ich Schuhe, Stutzen und Schienbeinschoner aus und verstaue sie.

„Hattest du schon einmal einen Freund?“, fragt Louis plötzlich hinter mir.

„Was? Ich?“ Verwundert drehe ich mich um. Inzwischen hat er sein Handtuch gegen eine Unterhose ausgetauscht.

„Ja, jemand anderes ist nicht da. War das ein Ja?“, hakt er nach.

„Was? Nein! Ich hatte noch nie einen Freund. Ich bin doch erst zwölf“, erinnere ich ihn.

„So, so, ich hätte dich älter geschätzt.“

„Warum?“, entgegne ich verwirrt.

„Weil du schon ziemlich viel Erfahrung hast. Mit Küssen und so.“

„Aha.“ Etwas Geistreicheres fällt mir nicht ein.

„Wie alt würdest du mich denn schätzen?“, frage ich neugierig.

„Schon auf dreizehn“, antwortet er.

„Da liegst du gar nicht so falsch.“

„Warum?“ Jetzt ist er es, der etwas komisch dreinschaut.

„Weil ich Ende Oktober Geburtstag habe“, kläre ich ihn auf.

„Dann bist du also schon fast dreizehn“, schlussfolgert er.

„Wie alt bist du denn?“, kontere ich.

„Vierzehn.“

„Und du hattest bestimmt schon eine ... Freundin.“ Es fällt mir schwer, das auszusprechen. Aber ich will es unbedingt wissen.

„Nein.“

„Was?“, entfährt es mir überrascht.

„Wie, was? Einfach nur nein. So schwer zu verstehen?“ Er schaut mich mit hochgezogener Augenbraue belustigt an.

„Nein. Aber ...“

„Aber was?“, hakt er nach.

„Du bist doch so hübsch“, bekenne ich meine Ansicht.

„Ich weiß, das sagen viele. Und viele Mädchen waren auch schon in mich verliebt“, gibt er zu.

„Woher weißt du das?“, will ich wissen.

„Sie haben es mir gesagt.“

„Und?"
„Nichts und. Mir hat keine gefallen", erwidert er. „Aber du bist irgendwie ... anders."
„Du auch", sprudelt es aus mir heraus.
„Wie meinst du das?"
„Ich habe dich noch nie mit anderen Jungen abhängen sehen und ich kann auch nicht glauben, dass du Computerspiele spielst, was sehr viele machen. Wie meinst du das denn in Bezug auf mich?"
„Ich kenne nicht viele Mädchen, die sich nicht für Nagellack und Schminke interessieren und nicht immer total aufgemotzt rumlaufen."
Wow! Dass er so denkt, hätte ich nicht gedacht. Aber Schminke und Nagellack kann ich nicht ausstehen und coole Klamotten auch nicht. Bei mir muss alles weit und meistens eine Nummer größer sein, weil alles so eng geschnitten ist.
Ich drehe mich wieder zu meiner Tasche und ziehe mich um. Dabei spüre ich die Blicke, die er mir zuwirft, ganz deutlich.
„Du hast einen sehr schönen Körper", sagt er irgendwann. „Willst du wirklich nicht duschen?"
„Nein", antworte ich knapp. Ich bin ein bisschen verlegen wegen seines Kompliments und versuche, es zu überspielen. Schnell packe ich meine Sachen in die Tasche. Plötzlich spüre ich Arme auf meiner Schulter. „Huch!", erschrecke ich.
„Sorry", murmelt Louis.
Seine Hände liegen gefaltet vor meiner Brust. Eine Umarmung von hinten. Ich lehne mich zurück.
„Willst du dich nicht drehen?", schlägt er vor.
„Ähm. Klar." Er lässt seine Arme etwas lockerer und ich drehe mich um 180 Grad.
Louis legt seine Arme um mich, die Hände ruhen auf meinem Rücken. Meine Hände liegen ebenfalls auf seinem Rücken. So stehen wir da, dicht aneinandergeschmiegt.
„Du kannst es nicht lassen, was?", schmunzle ich.
„Was denn?", fragt er mit einem unschuldigen Gesicht.
„Mich in jeder freien Minute in den Arm zu nehmen oder zu küssen."

„Stimmt. Ist das schlimm? Moment, das habe ich ganz vergessen …" Prompt drückt er mir einen Kuss auf die Lippen. Ich muss lachen. „Was ist denn?" Er klingt erstaunt.

„Kann es sein, dass du sehr in mich verliebt bist?", frage ich ihn.

„Wie kommst du denn darauf?"

„Nur so eine Vermutung", sage ich vage.

„Ja, du hast recht. Ich habe mich nicht nur sehr in dich verliebt, sondern …"

Er scheint nach den richtigen Worten zu suchen. „Es gibt gar keinen passenden Ausdruck dafür", meint er schließlich.

„Kann ich verstehen. Mir geht es genau so. Zum Glück sind wir gerade alleine", stelle ich fest.

„Hm, ja, sobald wir rausgehen, bist du Luft für mich. Das durchzuziehen wird bestimmt schwer."

Ich nicke zur Bestätigung. Ich kann es immer noch nicht fassen, dass ich mich so sehr verliebt haben soll. Wie auch? Schließlich sind wir erst seit zwei Tagen zusammen.

„Ich muss langsam los", sage ich.

„Ich auch, ich fahre mit Sven."

„Das heißt?"

„Dass ich zu ihm in die Trainerumkleide gehe."

„Du riechst wirklich gut", muss ich feststellen. Was er wohl zum Duschen verwendet hat?

„Du auch." Er lacht und rümpft die Nase.

„Vielleicht sollte ich das nächste Mal doch duschen", erkenne ich schuldbewusst.

„Ja. Auf jeden Fall", nickt er.

„Dann will ich mich mal auf den Heimweg machen." Ich schließe meine Tasche und nehme die Jacke vom Haken. Schnell schlüpfe ich hinein und ziehe den Reißverschluss hoch. Jetzt noch der Helm, fertig!

„Darf ich noch einmal?", bettelt Louis.

„Wenn es sein muss", lache ich.

„Ja, es muss. Unbedingt. Ich sehe dich morgen wahrscheinlich nicht."

„Doch, im Bus", erinnere ich ihn.

„Ja." Er lächelt und schlingt seine Arme um mich, dann drückt er ein bisschen fester zu und hebt mich in die Höhe.

„Hey", protestiere ich.

„Schon gut." Er stellt mich wieder auf meine eigenen Beine, nimmt mich noch einmal fest in den Arm und küsst mich zum Abschied. Herrlich! Ich könnte dahinschmelzen! Meine Beine sind ganz weich geworden, als er mich schließlich loslässt. „Ciao, Süße. Bis morgen." Mit diesen Worten geht er zur Tür.

Ich schnappe mir meine Tasche und folge ihm. Draußen schwinge ich mich auf mein Fahrrad und sause los. Was für ein Tag! Wie viele Küsse ich heute wohl bekommen habe? Viele, sehr viele, das steht auf jeden Fall fest.

Dieses Mal fahre ich langsamer, damit ich zur Not bremsen kann. Aber von einem Baumstamm ist weit und breit nichts zu sehen. Zum Glück.

Zu Hause angekommen schiebe ich mein Fahrrad in die Garage und betrete das Haus.

„Wie war es?", will meine Mutter wissen.

„Super!"

„Das klingt gut. Häng bitte deine Sachen auf und komm zum Essen."

„Mache ich."

Was für ein Tag! Das denke ich immer noch. Heute ist so viel passiert. Einfach krass! Am Sonntag hat Louis mich gefragt, ob ich seine Freundin sein will, heute ist er schon total in mich verschossen und kann seine Finger nicht von mir lassen. Doch mir geht es ebenso.

Schnell schlüpfe ich unter meine Decke und knipse das Licht aus. Moment mal, ich habe vergessen, mein Handy auszuschalten. Also rapple ich mich noch einmal hoch und tapse zum Schreibtisch. Ich will das Telefon gerade ausmachen, als mein Blick auf eine Nachricht fällt. Schon wieder. Von wem? Was, 127 Stück?! Das ist übertrieben. Die stammen alle von unserer Klassengruppe. Spinnen die? Dabei ist es nur lauter Mist. Buchstaben oder Beleidigungen. Nichts Sinnvolles.

Ich lösche die Nachrichten und will WhatsApp gerade verlassen, als Louis schreibt. *Schlaf schön, Süße.*

*Du auch*, tippe ich als Antwort. Jetzt schalte ich das Ding endgültig aus. Dann lege ich mich wieder in mein Bett und schließe die Augen.

# Mist, vergessen

Mittwoch. Die Mitte der Woche, wie man so schön sagt. Ich habe erst zur zweiten Stunde. Endlich kann ich mal länger schlafen. Noch etwas verpennt tapse ich ins Bad und ziehe mich an. Anschließend gehe ich hinunter zum Frühstückstisch. Ich trinke nur ein Glas Orangensaft, auf mehr habe ich keinen Appetit. Mein Magen scheint wie jeden Morgen noch zu schlafen. Keine Ahnung warum, er ist offenbar ein Spätaufsteher.

Ich betrete das Klassenzimmer und lasse mich auf den Stuhl neben Kathrin fallen. „Guten Morgen", begrüße ich sie.

„Hallo", antwortet sie.

„Gehst du nächstes Mal wieder mit zum Training?"

„Dürfen wir denn?" Kathrin ist ganz aus dem Häuschen.

„Ja, Sven hat es erlaubt. Aber Simon meint, dass es anstrengender wird."

„Das kann nicht schaden. Ich bin dabei. Und du?", will Kathrin wissen.

„Ich auch. Dein Tor gestern war übrigens klasse", lobe ich sie.

„Wie du den Ball gehalten hast aber auch!"

„Pscht. Frau Spät kommt", raune ich meiner Freundin zu.

„Wie immer auf die Sekunde pünktlich." Kathrin beugt sich schnell über ihren Ranzen und zieht ihre Französischsachen heraus.

„Bonjour", begrüßt uns die Lehrerin, bevor sie auf Deutsch weiterspricht. „Wie angekündigt schreiben wir jetzt den Vokabeltest und nächste Woche die Arbeit. Also, nicht vergessen!"

Na toll, das habe ich bereits vergessen. Auch Kathrin scheint nicht mehr daran gedacht zu haben, denn sie starrt mich entsetzt an.

„Bücher und Ordner vom Tisch und etwas zu schreiben heraus. Stellt bitte etwas zwischen euch als Sichtschutz", mahnt Frau Spät.

Wir holen unsere Deutschbücher heraus und stellen sie auf. Frau Spät läuft herum und teilt die Blätter aus.

Als sie fertig ist, dürfen wir anfangen. „Den Namen nicht vergessen“, erinnert sie uns.

Den schreibe ich als Erstes oben auf das freie Feld und beginne dann.

Ich laufe zur Bushaltestelle, besser gesagt, ich schwebe, der Tag war bis auf den Test, der nicht sehr schwer war, super.

Als der Bus kommt, warte ich das größte Gedrängel ab und steige ein. Ich lasse mich auf einen freien Platz fallen und achte wie immer nicht darauf, wer neben mir sitzt.

„Wo warst du heute Morgen?“, meckert mich jemand an.

„Oh, Louis. Ich habe dich gar nicht gesehen“, gebe ich zu. „Ich hatte erst zur zweiten Stunde. Warum?“

„Weil du nicht da warst.“

„Es tut mir leid, ich habe vergessen, es dir zu sagen“, entschuldige ich mich.

„Schon okay. Sehen wir uns nachher noch?“

„Wenn du willst, meine Hausaufgaben halten sich in Grenzen. Deine?“

„Die kann ich auch danach machen“, entscheidet er.

„Wann soll ich denn kommen?“, frage ich.

„Drei Uhr? Dann haben wir genügend Zeit“, schlägt Louis vor.

„Ich muss um halb fünf gehen“, weise ich ihn auf mein Karatetraining hin.

„Gut. Dann sehen wir uns später“, freut er sich.

Als der Bus hält, steige ich aus und laufe gemeinsam mit Luk, der ebenfalls im Bus war, nach Hause.

„Ich gehe um drei zu Kathrin“, verkünde ich beim Mittagessen.

„In Ordnung“, meint meine Mutter.

„Treffen wir uns später an der Kreuzung?“, will Luk wissen.

„Nein, an der Halle. Okay?“

Nach dem Essen schlüpfe ich in mein Zimmer und setze mich an den Schreibtisch. Schnell die Hausaufgaben erledigen, damit ich nachher pünktlich bin. Französisch ist immer so viel. Wenn Frau Spät uns weniger aufgäbe, würde ich denken, sie sei krank. Aber meistens sind die Aufgaben leicht, zum Glück.

# Frisch verliebt

Als ich die Hausaufgaben fertig habe, schwinge ich mich auf mein Rad und sause ich los. Sven wohnt auch in Löchgau, aber ein Stück weiter im Ort. Louis hingegen wohnt mit seiner Mutter in Freudental. Deswegen ist er auch immer schon im Bus, wenn ich einsteige.

Außer Atem lange ich bei Svens Haus an und schiebe mein Rad in die Einfahrt. Ich laufe zur Tür und drücke auf die Klingel. Sven öffnet mir.

„Wenn du willst, können wir dein Rad in die Garage stellen", schlägt er vor. Weil ich nicke, schiebt er das Tor hoch und ich manövriere mein Rad in das Gebäude hinein. „Louis ist in seinem Zimmer", teilt er mir mit, als wir die Wohnung betreten haben.

„In seinem Zimmer?" Verblüfft schaue ich meinen Trainer an.

„Na ja, manchmal übernachtet er hier, deshalb hat er ein Zimmer bekommen."

Stimmt, das hat er gestern schon kurz erwähnt, wie konnte ich das nur vergessen?

Sven zeigt mir den Weg. „So, da wären wir." Er klopft an die Tür. „Louis, Besuch für dich."

„Was? Schon drei?" Es rumort verdächtig, doch dann geht die Tür auf. „Hey, komm rein", begrüßt mich Louis.

„Viel Spaß euch beiden", wünscht uns Sven und verzieht sich.

„Es tut mir leid, aber ich habe bis gerade eben Hausaufgaben gemacht und das Klingeln gar nicht gehört", entschuldigt Louis sich.

„Macht doch nichts, Hauptsache, du bist da." Ich lächle ihn an.

„Komm her." Er breitet seine Arme aus und ich mache einen Schritt auf ihn zu. So stehen wir eine Weile da, es fühlt sich wunderbar an, denn mir reicht es schon, nur seine Nähe zu spüren. Irgendwann löst er sich ein wenig von mir, um mich zu küssen. Und schon wieder fliegen die Schmetterlinge in meinem Bauch herum und meine Knie werden ganz weich.

„Alles okay?“, fragt Louis mich vorsichtig. „Habe ich etwas falsch gemacht?“

„Nein. Warum?“, gebe ich zurück. Erst jetzt fällt mir auf dass er mir zwei Fragen gestellt hat und meine Antwort zweideutig ist. Mist. Ich korrigiere mich: „Alles ist in Ordnung und du hast nichts falsch gemacht.“

„Warum zitterst du dann so?“, will er wissen. Er hat recht, nicht nur meine Knie sind weich, auch der Rest meines Körpers hat zu zittern begonnen.

„Es ist wunderschön, wenn du mich küsst, deshalb hab ich ganz weiche Knie bekommen.“ Auweia, das wollte ich ihm doch eigentlich gar nicht sagen.

„Ach so? Wenn das so ist, können wir das leicht ändern. Komm.“ Er nimmt meine Hand und zieht mich zu seinem Bett hinüber. Hilfe! So war das gar nicht gemeint, aber etwas anderes außer seinem Schreibtischstuhl, um sich hinzusetzen, gibt es nicht. Also hocke ich mich neben ihn auf die Bettkante.

„Du brauchst dich nicht auf die Kante zu kauern. Setz dich ruhig ganz hin“, fordert er mich auf.

Aber ich denke nicht daran. Irgendwie ist mir die Situation ein bisschen unheimlich. Ich weiß zwar nicht warum, aber es ist so. Da ich immer noch etwas steif auf der Kante verharre, steht er kurzerhand auf und hebt mich in die Höhe.

„Hey, was soll das?“, protestiere ich.

„Ich will nur nicht, dass du unbequem sitzt“, erwidert er.

„Es war doch gar nicht unbequem.“

„Natürlich war es das.“

Na gut, er hat recht, so ganz bequem ist die Bettkante wirklich nicht. Aber in seinen Armen?

„Könntest du mich vielleicht wieder runterlassen?“, frage ich.

„Wenn du willst.“ Und mit diesen Worten lässt er mich auf sein Bett plumpsen. Irritiert rapple ich mich hoch. „Geht doch Warum nicht gleich so?“, kommentiert er das Geschehen. Dann macht er es sich neben mir bequem.

„Warum ist dein Bett so groß?“, frage ich ihn.

„Für ein Sofa hätte der Platz nicht gereicht und Sven dachte, ein großes Bett wäre sinnvoll, falls mal jemand übernachten will. Ist dein Bett nicht so groß?“

„Nö.“

„Wo übernachten denn deine Gäste?“

„Bei mir hat noch nie jemand übernachtet. Aber ich habe ein Sofa, das, wenn man es ausklappt, so groß wie dein Bett ist.“

„Dann müssen wir das aber ändern“, sagt er unvermittelt.

„Was denn?“

„Dass bei dir noch nie jemand übernachtet hat.“

Was? Das ist doch jetzt nicht sein Ernst, oder? Entgeistert starre ich ihn an.

„Nein, so war das nicht gemeint“, erklärt er sich sofort hektisch, als er meine Miene bemerkt.

„Woher soll ich denn wissen, ob es wirklich nicht so gemeint war?“, hake ich nach.

„Deswegen.“ Er gibt mir einen Kuss. „Sven hat's verboten.“

„Und das soll ich glauben?“ Ich schaue ihn stirnrunzelnd an.

„Ach, komm schon. Das passiert sowieso erst, wenn du es willst.“

„Und du“, füge ich hinzu.

„Ja, wir beide.“ Erneut gibt er mir einen Kuss.

Ich nicke. Damit bin ich einverstanden. Wie konnte ich ihm das überhaupt zutrauen? „Und was machen wir jetzt?“, frage ich ihn.

„Kuscheln?“, schlägt er vor.

Als Antwort rutsche ich näher an ihn heran und lehne meinen Kopf an ihn. Er nimmt seinen Arm und legt ihn um mich. Dann zieht er mich näher an sich heran und streichelt mir zärtlich über meinen Arm. Leider habe ich ein langärmliges Shirt an. Deswegen eise ich mich kurz los und ziehe es aus.

„Was machst du?“

„Mir ist zu warm“, erkläre ich und setze mich wieder aufs Bett, dieses Mal im T-Shirt, das ich in der Übergangszeit immer darunter-trage, falls mir doch mal zu warm wird.

„So, so“, meint er. „Kann es nicht sein, dass du meine Hand besser spüren willst?“

„Auch“, gebe ich zu.

„Na dann.“ Er legt wieder den Arm um mich und zieht mich an

sich. Und als er mich dieses Mal streichelt, fühlt es sich wirklich viel, viel schöner an.

Und so kuscheln wir miteinander, er streichelt mich, während wir uns über alles Mögliche unterhalten. Bis ich auf die Uhr schaue. „Ich muss los", verkünde ich.

„Schade. Es ist gerade so schön", bedauert er.

„Ich weiß. Aber wir sehen uns ja wieder", tröste ich ihn.

„Auf jeden Fall."

Ich ziehe mein Shirt wieder über und nehme meine Tasche. „Bis bald."

Noch einmal drückt er mir einen Kuss auf den Mund, dieses Mal zum Abschied. Eine letzte Umarmung und ich verlasse das Zimmer. Der Nachmittag war einfach herrlich.

„Na, war es schön?", will Sven wissen, als er mir über den Weg läuft.

„Ja", seufze ich.

„Aber er hat nichts getan, was du nicht willst. Oder?"

„Nein. Nur das, was wir beide wollen", versichere ich ihm.

„Das ist gut."

Er öffnet das Garagentor und ich schiebe mein Rad ins Freie. „Bis morgen", verabschiede ich mich.

„Ja. Bis morgen."

# Karate

In Windeseile radle ich zur Sporthalle und schließe mein Rad ab. Dann sprinte ich in die Umkleide und ziehe mich um. Zu spät zu kommen sieht nicht gut aus, schon gar nicht, wenn man einen höheren Gurt hat. Ich stopfe meine Sachen in die Tasche und verlasse die Kabine. Kaum bin ich in der Halle, beginnt auch schon das Training.

Als wir endlich alle warm und genug gedehnt sind, meint Jürgen, unser Trainer: „So, wir müssen uns ranhalten, am Samstag ist ein Turnier. Also, jeder von euch übt seine Katas. Ich komme dann vorbei und schaue sie mir an."

Eine Kata ist ein Scheinkampf ohne Gegner. Also kann man dabei niemanden verletzen. Es gibt viele verschiedene Katas. Jede hat eine andere Reihenfolge von Techniken und Stellungen und sie sind zudem unterschiedlich lang. Manche sind einfach, andere schwerer. Auf Turnieren machen wir natürlich lange und schwere Katas. Trotzdem ist es nicht leicht, alles richtig zu machen, und es dauert sehr lange, bis man eine Kata gut beherrscht. Also ist das Training sehr wichtig.

Ich gehe in eine Ecke und vollführe meine Katas. Einmal in normalem Tempo und einmal langsam, damit ich mich genau auf die Techniken und Stellungen konzentrieren kann. Irgendwann kommt Jürgen vorbei und will von mir beide Katas sehen. Meistens braucht man auf Turnieren nämlich zwei.

Sein einziger Kommentar ist: „Das hast du super gemacht." Dann geht er weiter.

In der zweiten Stunde üben wir noch einmal. Und auch hierbei ist Jürgen wieder megazufrieden mit uns. Wie immer eigentlich. Ich finde es gut, wenn er nichts zu meckern hat.

Nach dem Training ziehen wir uns schnell um und radeln nach Hause. Luk haben die Übungen heute auch super gefallen.

„Na, wie war das Training?", fragt Papa beim Abendessen.

„Gut", antworte ich.

„Super", ergänzt Luk.

Plötzlich kommt Hero herein. Er wedelt mit dem Schwanz und läuft zu seinen Näpfen.

„Er hat kein Wasser mehr", stelle ich fest. „Ich bringe ihm welches."

„Vielen Dank." Mama nickt mir zu.

„Keine Ursache." Ich stehe auf und fülle den Hundenapf mit frischem Wasser. Gierig macht Hero sich darüber her. „Darf er auch schon sein Abendbrot bekommen?"

„Klar", lautet die Antwort.

Also fülle ich auch noch etwas zu essen in Heros Napf. Er scheint hungrig zu sein, denn er beginnt sogleich zu fressen. Anschließend setzte ich mich wieder auf meinen Platz am Tisch und esse zu Ende.

# Angriff auf dem Pausenhof

Ich sitze auf meinem Platz, die anderen sind noch nicht da. Komisch. Eigentlich fahren wir mit demselben Bus. Haben wir womöglich in einem anderen Raum Unterricht? Irritiert laufe ich zum Vertretungsplan und schaue nach. Nichts. Dann werfe ich einen Blick auf meine Uhr, schon fast acht. Was soll ich tun? Am besten warte ich.

Oder hat Frau Füller letztes Mal gesagt, dass wir in einem anderen Zimmer haben? Mist, ich kann mich nicht daran erinnern.

Ich laufe in den Raum zurück und setze mich wieder hin. Da klopft es an der Tür und ein Mädchen tritt ein. Ihm folgt eine ganze Menge anderer Kinder. Es ist Vivian. Im Schlepptau hat sie meine Freundinnen und meine Mannschaft. Auch die Fußballerjungs sind dabei. Ich kann es einfach nicht glauben. An Vivians Seite steht Louis und grinst mich herablassend an. Was soll der Zirkus?

„Das Spiel ist aus", zischt Vivian. „Louis gehört MIR. Mir ganz allein!"

„Was?" Ich starre ihn an. Doch er grinst immer noch. So eine Frechheit, und ich dachte, er sei mein Freund! Der kann mich mal.

Da kommt Vivian auf mich zu, zieht eine Schere aus ihrer Tasche und schneidet meine Haare ab. Anschließend schüttet sie mir einen Eimer mit eiskaltem Wasser über den Kopf.

„Hilfe!", kreische ich.

„Kira. Wach auf!" Meine Mutter schüttelt mich an der Schulter. Erschrocken blicke ich sie an. „Du hast verschlafen", erklärt sie mir. „Bitte beeil dich, damit du nicht zu spät kommst."

„Ist gut." Ich rapple mich hoch und schlurfe ins Bad. Was für ein Traum! Er war so real. Zum Glück habe ich nur geträumt. Aber was, wenn er Wirklichkeit wird? Das wäre schrecklich.

Ich schlüpfe in meine Jeans und ein Shirt und trinke noch schnell ein Glas Milch, bevor ich das Haus verlasse.

An der Bushaltestelle erwartet Kathrin mich bereits. „Guten Morgen“, ruft sie mir entgegen.
„Morgen“, antworte ich.
„Alles klar?“ Misstrauisch sieht sie mich von der Seite an.
„Ja, ich hatte nur einen beschissenen Traum.“
„Ach so. Kann ich dir helfen?“, bietet sie mir an.
„Nein, ich denke nicht“, winke ich ab.
Der Bus kommt und wir steigen ein.

Als Erstes haben wir Deutsch, na toll! Das hat mir gerade noch gefehlt! Zum Glück taucht Frau Füller auf. Nicht so wie in meinem Traum. Wir haben leider immer noch Grammatik und behandeln heute Nebensätze. Leise stöhne ich auf.
Als es klingelt, verlassen wir erleichtert das Klassenzimmer. Gemeinsam schlendern meine Freundinnen und ich über den Hof. In einer Ecke stehen Vivian und ihre Zicken. Auch das noch! Was soll ich denn jetzt tun? Am liebsten würde ich mich in ein Mauseloch verkriechen. Aber dazu ist es schon zu spät. Sie hat mich bereits entdeckt und steuert auf mich zu. Mist! So ein verfluchter Mist! Was sie wohl will?
Jetzt steht sie genau vor mir. Mit jenem hämischen Grinsen im Gesicht, das sie auch in meinem Traum aufgesetzt hat. Mit einem Ruck entreißt sie mir meine Vesperdose, öffnet sie und verteilt den Inhalt an ihre Freunde.
„Hör auf“, sage ich.
„Warum sollte ich?“, antwortet sie.
„Lass sie in Ruhe“, springt mir Kathrin bei. Doch Vivian stößt meine Freundin nur unsanft zu Boden.
„Und damit das klar ist: Haltet euch da raus“, ermahnt sie Ann-Kathrin und Rebekka, falls diese mit dem Gedanken gespielt haben sollten, sich ebenfalls einzumischen. Anschließend wirft Vivian die Dose auf den Boden und trampelt darauf herum. Meine schöne Dose!
„Warum sollten wir uns raushalten? Sie ist unsere Freundin“, erwidern Rebekka und Ann-Kathrin.
„Weil es euch sonst schlecht ergeht.“ Und mit diesen Worten

greift Vivian nach Rebekkas Arm und verdreht ihn ihr gekonnt.

„Aua", kreischt Rebekka.

„Lass sie los!", rufe ich.

Doch Vivian denkt nicht daran und dreht den Arm meiner Freundin noch ein Stück weiter. Ein lautes Knacken ist zu hören.

„Ach, das war wohl dein Arm", stellt sie trocken fest und stößt die wimmernde Rebekka zu Boden.

„Was hast du getan?" Entgeistert starre ich Vivian an.

„Nichts", murrt sie und will nach meinem Arm greifen, doch bevor sie ihn mir ebenfalls verdrehen kann, befreie ich mich mithilfe eines Karatetricks. „Wie du willst", zischt sie.

Kathrin hat sich inzwischen aufgerappelt und stellt sich neben mich.

„Halt du dich da lieber raus, du Nichtsnutz!", pöbelt Vivian sie an. Und schon hat sie Kathrin wieder unsanft zu Boden gestoßen und ihr den Arm auf den Rücken gedreht.

Das geht zu weit. Ich stürze mich auf Vivian und reiße sie von meiner Freundin weg, nicht, dass sie deren Arm auch noch bricht.

Zornig schaut mich Vivian an. „Na gut, wie du willst." Mit diesen Worten schlägt sie mir wuchtig in den Bauch und ich sinke zu Boden.

Doch von dieser blöden Kuh lasse ich mich nicht fertigmachen. Meine Wut auf sie ist jetzt so groß, dass ich mich aufrapple und einen gekonnten Sprung ansetze, bei dem ich zwei Fußtritte hintereinander ausführe. Jetzt ist es Vivian, die am Boden liegt. Leider hievt auch sie sich wieder hoch, was ich jedoch nicht mitbekomme, da ich gerade Kathrin aufhelfen will. Schon spüre ich einen kräftigen Tritt in meinen Rücken. Beinahe wäre ich auf Kathrin draufgefallen, doch schnell reagiere ich und mache eine Karaterolle über sie hinweg. Erschöpft bleibe ich kurz am Boden liegen. Mein Rücken tut weh. Auf so einem harten Untergrund habe ich noch nie eine Karaterolle gemacht. Aber hierfür üben wir es schließlich.

Vivian scheint zu denken, dass ich k. o. bin, deshalb stellt sie siegessicher ihren Fuß auf meinen Bauch. Diese günstige Gelegenheit nutze ich aus und schnappe mir ihr Bein. Ein kräftiger Ruck und meine Gegnerin liegt am Boden. Beim Fallen hat sie ihren Kopf nicht an die Brust gelegt, wie wir es gelernt haben, und schlägt daher hart auf dem Asphalt auf. Ich bleibe liegen, mir tut einfach alles weh.

„Ist alles in Ordnung mit dir?", fragt mich plötzlich Frau Müller. Ich habe keine Ahnung, wo die auf einmal herkommt.

Als ich meinen Kopf drehe, stelle ich fest, dass Herr Widmaier bei Vivian kniet und Frau Deichert gerade Kathrin aufhilft. Wer bei Rebekka ist, kann ich nicht sehen. Und wo ist überhaupt Ann-Kathrin?

„So, jetzt gehen wir erst einmal alle zusammen rein", fordert Frau Müller mich auf. Sie sieht kreidebleich aus.

Langsam erhebe ich mich und schleiche neben ihr her in ein Klassenzimmer. Scheinbar wollen die Lehrer weg von den Schaulustigen, die inzwischen eine Traube um uns herum gebildet haben. Ann-Kathrin betritt als Letzte den Raum und schließt die Tür hinter sich.

„Was war das denn eben?", fängt Herr Widmaier an. Auch ihm steht der Schock ins Gesicht geschrieben.

„Notwehr", antworte ich knapp.

„So, so", bemerkt Frau Deichert.

„Seid ihr eigentlich bescheuert? Es hätte weiß Gott was passieren können!", entrüstet sich Frau Müller.

„Wer hat Sie überhaupt geholt?", hakt Kathrin nach.

„Ann-Kathrin. Doch leider sind wir zu spät gekommen, um etwas zu verhindern", stöhnt Herr Widmaier.

„Was war denn überhaupt?", will Frau Deichert wissen.

„Die hat mich einfach angegriffen!", empört sich Vivian mit einem Mal.

„Das glaube ich kaum. So etwas tut Kira nicht", verteidigt mich Frau Müller prompt. Trotzdem mustert sie mich forschend.

Da klopft es an der Tür und ein Junge steckt seinen Kopf herein. „Alles klar?", fragt er vorsichtig.

„Nein. Verschwinde!", donnert Herr Widmaier.

„Aber ich habe ..." Weiter kommt er nicht.

„Nichts aber!", wird ihm lautstark entgegengehalten.

„Ich meine nur, ich habe alles gefilmt", versucht der Junge es noch mal.

„Wenn das so ist“, sagt Herr Widmaier jetzt schon etwas freundlicher, „dann zeig mal her.“

Der Junge reicht ihm sein Handy. Erst jetzt betrachte ich ihn genauer und muss erkennen, dass es Louis ist, der mir zu Hilfe geeilt ist.

Die drei Lehrer beugen sich über das Handy und verfolgen gespannt die Darbietung.

„Oh mein Gott“, stöhnt Frau Müller.

„Mein Arm“, jammert Rebekka in diesem Moment.

„Ich rufe den Krankenwagen.“ Frau Deichert holt ihr eigenes Handy heraus und ruft die Sanitäter.

„So, ich möchte diesen Vorfall gerne klären“, beginnt Herr Widmaier. „Warum hast du Kira und die anderen einfach angegriffen, Vivian?“

„Weil sie mich immer ärgern und provozieren“, antwortet diese.

Was? So eine Lügnerin! Entgeistert starre ich sie an.

„Ich sehe schon. Das lässt sich so nicht klären“, meint Frau Müller. „Wenn der Krankenwagen da ist, fährt Rebekka erst mal ins Krankenhaus. Dein Arm scheint gebrochen zu sein. Ann-Kathrin, du gehst bitte wieder in den Unterricht und du auch, Kathrin, wenn es geht.“

Kathrin nickt. Außer ein paar blauen Flecken ist ihr zum Glück nicht viel passiert. Hätte ich Vivian nicht im passenden Moment von ihr weggerissen, würde das natürlich anders aussehen.

„Vivian schicken wir mit ins Krankenhaus, bei dem harten Aufprall hast du dir möglicherweise eine Gehirnerschütterung zugezogen“, erklärt Frau Müller weiter, was geschehen soll.

„Nein, ich denke nicht daran.“ Mit kämpferischer Miene schaut sie die Lehrer an.

„Doch“, sagt Herr Widmaier in einem Ton, der keinen Widerspruch gelten lässt.

„Und was dich betrifft, Kira, mit dir möchte ich gerne reden. Du scheinst dich ja nicht ernsthaft verletzt zu haben“, beendet Frau Müller ihre Predigt.

Ich nicke nur stumm. Schließlich kann ich ohnehin nichts gegen ihre Anweisungen tun. Was passiert ist, ist passiert.

Als der Krankenwagen eintrifft, gehen Kathrin und Ann-Kathrin in den Unterricht zurück. Rebekka und Vivian werden in den Krankenwagen geladen. Die Lehrer haben sie mit nach draußen begleitet und Louis gebeten, auf mich aufzupassen, damit ich nicht davonlaufe. Als ob ich das täte ... aber egal.

„Musste das sein?", fragt er mich.

„Ich wollte das doch nicht. Hast du eigentlich schon mit Vivian gesprochen?"

„Nein."

Er setzt sich neben mich auf den Tisch und legt einen Arm um mich. Ich lege meinen Kopf an seine Schulter und schluchze. Immer muss alles so beschissen sein. Dabei hasse ich Gewalt.

Wenig später betritt Frau Müller, gefolgt von Herrn Widmaier und Frau Deichert, den Raum. „Mit wem willst du reden?", fragt sie mich.

„Es tut mir leid, ich falle dafür sowieso aus, ich muss zum Unterricht", sagt Herr Widmaier und geht hinaus.

„Da Frau Müller deine Klassenlehrerin ist, solltest du das mit ihr besprechen", tut Frau Deichert ihre Meinung kund, erhebt sich und geht ebenfalls zur Tür hinaus.

Jetzt sind wir alleine, Louis, Frau Müller und ich.

„Hast du keinen Unterricht?", richtet die Lehrerin das Wort an meinen Freund.

„Doch, aber ..." Er deutet auf mich und lässt den Rest des Satzes in der Luft hängen.

„Verstehe. In welcher Klasse bist du denn? Dann kann ich dich entschuldigen", seufzt sie.

„Ich bin in der neunten Klasse, aber auf dem Gymnasium."

„Ach so, ich werde dir trotzdem eine Entschuldigung schreiben. Woher kennst du Kira denn?"

„Aus dem Fußball. Sie ist meine Freundin", antwortet er zögerlich. Ich lehne immer noch an ihm und bin viel zu fertig, um überhaupt etwas zu sagen. Es ist mir noch nicht einmal peinlich, dass meine Klassenlehrerin jetzt Bescheid weiß.

„Und woher kennt ihr Vivian?", geht das Verhör weiter.

„Sie ist bei Kira im Karate", erklärt Louis.

„So ist das also. Deshalb hatte sie so einen gekonnten Griff auf Lager und du konntest dich so gut abrollen", schlussfolgert Frau Müller.

Ich nicke.

„Hat sie dich schon öfter angegriffen?"

Ich schüttle den Kopf, aber Louis ergänzt: „Sie hat Kira aber schon eine Zeit lang auf dem Kieker."

„Warum, wenn ich fragen darf?"

„Weil ...", beginnt er.

„Weil sie wollte, dass ich Louis in Ruhe lasse", beende ich seinen angefangenen Satz.

„So ist das also." Frau Müller nickt.

„Ja. Am Angang hat sie mir nur gedroht. Dann bin ich aber über diesen blöden Stamm geflogen, der mitten im Weg lag. Wir vermuten, dass Vivian den dorthin geschafft hat. Und nachdem ich aus dem Krankenhaus gekommen bin, hatte ich einen Zettel im Briefkasten, angeblich von Kathrin. Aber in Wirklichkeit war er vermutlich auch von Vivian. Darin hat sie mir wieder gedroht. Dann sind Louis und ich uns in der Öffentlichkeit aus dem Weg gegangen. Und jetzt ..." Alles, was sich seit Tagen bei mir angestaut hat, entweicht auf einmal. Wie wenn man in einen Ballon, der prall gefüllt ist, eine Nadel sticht. Die Luft entweicht und er bleibt leer und hilflos zurück. Genau so fühle ich mich jetzt. Es tut gut, darüber zu reden. Es fühlt sich an, als ob eine sehr große Last von mir abgefallen ist. Die entwichene Luft des Luftballons.

„Und jetzt hat sie dich auf dem Schulhof angegriffen", fügt Frau Müller hinzu. „Ich hoffe, dass es stimmt, was du da sagst."

„Ich kann es bestätigen. Und es war purer Zufall, dass ich gerade in der Nähe war und mein Handy griffbereit hatte", versichert Louis.

„Eigentlich sind Handys auf dem Schulgelände verboten. Aber ich will mal nicht so sein, schließlich hast du uns geholfen. Das Video zeige ich nachher gleich der Schulleitung."

„Und jetzt?", frage ich kleinlaut.

„Jetzt hoffe ich, dass so etwas nie wieder passiert. Ich werde natürlich noch mit Vivian darüber reden. Deinen Karate- und Fußballtrainern gebe ich ebenfalls Bescheid", beschließt Frau Müller. „Und jetzt solltet ihr nach Hause gehen und du, Kira, solltest dich erholen. Bitte begleite sie, Louis. Ich entschuldige dich im Unterricht, das hier ist ein Notfall."

„Geht klar."

Wir verabschieden uns von ihr und holen unsere Schulsachen. Inzwischen hat Frau Müller das wegen Louis abgeklärt und meine Mutter angerufen, dass sie uns abholen soll. Natürlich ist die ziemlich erstaunt gewesen, als Frau Müller von meinem Freund erzählt hat.

# Schlechte Nachrichten

Kaum dass wir im Auto sitzen, poltert meine Mutter los. „Das hättest du mir doch sagen können."

„Was?" Ich schaue sie verdattert an.

„Na, das mit Vivian und das mit Louis natürlich auch. Warum hast du denn nichts erzählt?"

„Ich hatte Angst."

„Wovor denn?" Meine Mutter wirkt entsetzt.

„Dass du nicht willst, dass ich einen Freund habe", bekenne ich.

„Ach, Schätzchen. Ich freue mich für dich", sagt Mama.

„Das nächste Mal gebe ich dir Bescheid, versprochen." Ich meine es ernst, denn mit Mamas cooler Reaktion hätte ich nicht gerechnet.

„Hey", protestierte Louis von der Rückbank aus. Anscheinend hat er Angst ersetzt zu werden, nachdem ich meiner Mutter dieses Versprechen gegeben habe.

„Das war doch nicht so gemeint", lache ich. „Tut mir leid."

„Na, dann fahren wir jetzt mal nach Hause", meint Mama.

Zu Hause angekommen gehen Louis und ich auf mein Zimmer. Mama hat nichts einzuwenden. Sie findet es offenbar wirklich schön, dass ich einen Freund habe, obwohl sie traurig ist, dass ich ihr nichts davon erzählt habe.

„Und was machen wir jetzt?", will ich wissen.

„Du legst dich in dein Bett und erholst dich", bestimmt Louis.

„Wenn du meinst." Ich streife meine Hausschuhe ab und lege mich in mein Bett. Louis setzt sich auf die Bettkante. „Kannst dich ruhig weiter reinsetzen, die Kante ist unbequem", necke ich ihn.

„Klar." Er muss lachen, denn dasselbe hat er zu mir gesagt, als ich bei ihm zu Besuch war. „Du hast ein sehr schönes Zimmer."

„Danke. Und was jetzt?"

„Du kannst nicht mal eine Minute still sein, oder?", tadelt er mich.

„Doch, warum?"

„Dann sei still. Ich möchte dir nämlich etwas sagen. Einverstanden?“

„Ja, klar.“ Ich mache es mir bequem und lausche.

„Weißt du was? Ich fand es sehr mutig von dir. Das vorhin. Du weißt schon.“

„Ach, das. Das ist nicht der Rede wert, ich kann doch Karate“, winke ich ab. Tatsächlich konnte ich mich deshalb so gut wehren. Karate macht nicht nur mega Spaß, man kann sich auch damit verteidigen. Nur im Notfall natürlich.

„Sie kann aber auch Karate, hast du das etwa schon vergessen?“

Damit hat er recht. Vivian kann auch Karate, und zwar gar nicht mal so übel. Oh Mann, mir hätte weiß Gott was passieren können! In diesem Moment murmelt Louis: „Dir hätte weiß Gott was passieren können.“

Kann er etwa Gedanken lesen? Verwirrt schaue ich ihn an.

„Was ist?“, sagt er und blickt mich genauso irritiert an.

„Kannst du Gedanken lesen?“, frage ich vorsichtig.

„Nicht dass ich wüsste. Warum?“

„Weil du das gesagt hast, was ich gedacht habe. In exakt den gleichen Worten.“

„So? Dann ist es wohl eindeutig, dass wir uns lieben. Wenn sich sogar unsere Gedanken übertragen ...“

„Da hast du recht“, stimme ich ihm lächelnd zu.

Er stützt sich auf dem Bett ab und schaut mich lange an. Nach einer halben Ewigkeit kommt er mir näher, bis unsere Lippen sich berühren und wir uns einen langen, megaschönen Kuss geben. Ich wünschte, dieser Moment würde nie enden. So schön ist er. Doch irgendwann löst er sich von mir und richtet sich wieder auf. Doch sein Blick ruht immer noch auf meinem Gesicht, während seine Finger zärtlich über meinen Handrücken streichen.

Es klopft an der Tür. „Herein“, rufe ich.

„Hallo, ich hoffe, ich störe nicht. Ich wollte Louis nur kurz fragen, ob er mit uns essen will“, macht sich meine Mutter bemerkbar.

„Gerne“, freut sich Louis.

„Gut, um zwei gibt es Essen.“ Sie schließt die Tür hinter sich und geht wieder hinunter.

„Wie es wohl Rebekka geht?“, frage ich.
„Keine Ahnung. Schreib ihr doch.“
„Das mach ich.“
Ich nehme mein Handy vom Schreibtisch und schalte es ein. Es dauert eine Zeit, bis es hochgefahren ist. Dann logge ich mich ein und öffne WhatsApp. Ich frage Rebekka, wie es ihr gehe und ob sie noch im Krankenhaus sei. Sie antwortet, dass sie einen angebrochenen Arm habe und darauf warte, dass er eingegipst würde. Das tut mir ehrlich leid! Ich wollte nicht, dass sie sich eine solche Verletzung zuzieht, nur weil sie sich für mich eingesetzt hat. Wir schreiben eine Weile hin und her. Sie hat fest vor, später zum Training zu kommen, um zuzuschauen. Als sie mich fragt, was ich gerade mache, zögere ich kurz. Schließlich schreibe ich: *Ich ruhe mich aus. Louis ist auch da.*

*So? Warum?, will sie prompt wissen.*

*Weil er mein Freund ist.*

*Hast du mir gar nicht erzählt. ⊠ Aber ich freue mich für dich, ihr passt gut zusammen.*

Erleichtert betrachte ich Rebekkas Nachricht. Offenbar ist diese Louis-Sache zwischen uns komplett erledigt. Ich bedanke mich bei ihr für ihre lieben Worte, wünsche ihr gute Besserung und verabschiede mich. Dann lege ich mein Handy zurück auf den Schreibtisch und seufze. Die Arme! Dabei wollte sie mir doch nur helfen.
„Die Arme“, sagt nun auch Louis. Er hat alles mitgelesen und muss grinsen. Wahrscheinlich über den Satz, dass wir gut zusammenpassen.
„Hoffentlich geht es ihr bald besser“, murmle ich.
„Das hoffe ich auch. Und was machen wir jetzt?“, will er wissen.
„Keine Ahnung. Wollen wir ein Spiel spielen?“, schlage ich vor.
„Willst du nicht vorher noch Kathrin fragen, wie es ihr geht?“
„Stimmt, das sollte ich tun.“ Erneut greife ich zu meinem Handy und frage meine Freundin, wie es ihr geht.

Die Antwort folgt prompt: *Ganz gut, hab nur ein paar blaue Flecken. Sonst ist alles ok? Und bei dir?*

*Bei mir auch. Blaue Flecken eben. Aber Rebekka hat es schlimm erwischt, ihr Arm ist angebrochen. Sie sitzt im Krankenhaus und wartet darauf, dass er eingegipst wird. Dann darf sie eine Zeit lang keinen Sport machen.*

*Oh Mann, die Arme!*

*Das finden wir auch.*

*Wer ist wir?*, fragt sie.

*Louis und ich. Wir sind zusammen. Sorry, dass ich es dir nicht früher gesagt habe.*

*So ist das also. Ich wusste es doch! Herzlichen Glückwunsch! Kannst ihn ja mal nach der Nummer von Daniel fragen.*

Weil Louis auch diesen Chat mitgelesen hat, ist er schon dabei, die Nummer von Daniel herauszusuchen, die ich sofort an Kathrin weiterleite. Ich verabschiede mich von meiner Freundin, die ich ohnehin später im Training sehen werde.

„Wollen wir nachher noch zu Sven?", schlägt Louis vor.

„Können wir. Meinst du, er weiß schon Bescheid?"

„Schon möglich. Falls deine Lehrerin es ernst gemeint hat auf jeden Fall."

„Stimmt. Wahrscheinlich weiß er es. Meine Trainer aus dem Karate erfahren es auch. Nicht schlecht. Dann bekommt Vivian Ärger. Wir dürfen Karate nämlich nur zur Verteidigung einsetzen und nicht einfach zum Prügeln."

„Ich hoffe auch, dass sie Ärger bekommt, das hat sie verdient", stimmt er mir zu.

„Ja, auf jeden Fall. Was ist, spielen wir Mensch ärgere dich nicht?"

Nachdem er zugestimmt hat, flitze ich die Treppe hinunter und hole die Spielesammlung. „Dann lass uns loslegen.“ Louis nimmt den Spielplan heraus und stellt die Figuren auf.

Einige Zeit später ruft meine Mutter: „Essen!“ Wir räumen das Spiel auf, ganz knapp habe ich gewonnen, und laufen die Treppe hinunter.

„Vielen Dank, dass ich mitessen darf“, bedankt sich Louis.

„Kein Problem. Ich hoffe, du magst Dampfnudeln“, meint Mama.

Wir setzen uns zu Luk und Nora an den Tisch.

„Wer ist das?“, will meine kleine Schwester wissen.

„Mein Freund“, erkläre ich ihr.

„Aha. Hallo Louis“, begrüßt ihn Luk. „Kannst du Fußball spielen?“

„Klar, was denkst denn du?“, lacht Louis.

„Lass mich raten, ihr habt euch auf dem Fußballplatz kennengelernt“, vermutet Mama.

„Wo denn sonst?“, gebe ich zurück. Nach dem Essen packe ich schnell meine Fußballtasche und vergesse beinahe die Stutzen. Jetzt aber schnell, ich stürme die Treppe hinab, wo Louis schon auf mich wartet.

# Mit List und Tücke fängt man eine Mücke

„Sollen wir das Rad nehmen?“, fragt Louis mich.

„Ja, weil ich anschließend gleich ins Training will, wäre mir das lieber.“

„Sven kann dich auch im Auto mitnehmen“, widerspricht er.

„Schon, aber danach müsste ich heimlaufen“, wende ich ein.

„Er bringt dich sicher auch nach Hause.“

„Na gut, wenn du meinst“, gebe ich mich geschlagen.

Also machen wir uns zu Fuß auf den Weg zu Sven. Louis hat mir meine Tasche abgenommen, so muss ich nichts tragen. Seite an Seite stapfen wir durch den Ort.

Als wir auf die Klingel drücken, springt die Tür sofort auf. Sven scheint auf uns gewartet zu haben. „Hallo, ihr beiden“, begrüßt er uns.

„Hallo Sven“, sage ich, während Louis ihn in den Arm nimmt.

„Dann kommt mal rein“, fordert er uns auf.

Wir betreten die Wohnung und schlüpfen aus Jacke und Schuhen. Danach folgen wir Sven ins Wohnzimmer. Er hat sogar schon etwas zu trinken bereitgestellt.

„Wie geht es dir?“, will er als Erstes von mir wissen.

„Ganz gut. Ich habe nur ein paar blaue Flecken. Aber Rebekkas Arm ist angebrochen“, berichte ich ihm.

„Mist“, entfährt es ihm.

„Das kann man so sagen.“

„Deine Lehrerin, Frau Müller, hat mir das Video von Louis gezeigt. Die Prügelei sah wirklich schlimm aus. Und dir tut wirklich nichts weh?“

„Nein, ich bin das Kämpfen vom Karate gewöhnt. Natürlich üben wir dort nicht auf so hartem Untergrund.“

„Das habe ich mir schon gedacht. Alle Achtung.“ Sven schaut mich anerkennend an.

„Was ist mit Vivian?“, will Louis wissen.

„Die kann sich auf eine Anzeige gefasst machen wegen Körperverletzung. Und zwar gleich von mehreren. Du, Rebekka und auch Kathrin können sie anzeigen. Wenn wir von ihr auch noch das Geständnis bekommen wegen des Stamms kann sie sich warm anziehen.“

„Und wie wollen wir das bekommen?“, hake ich nach.

„Ist Vivian etwas passiert?“, will Sven wissen.

„Ja, ich glaube, sie hat eine Gehirnerschütterung.“

„Das ist ja super“, ruft mein Trainer aus.

„Warum?“ Verdattert schaue ich ihn an.

„Dann geht Louis gleich mal ins Krankenhaus und besucht sie.“

„Und dann?“, fragt Louis.

„Dann tust du so, als würdest du sie mögen, und lenkst das Thema auf Kira“, erklärt Sven.

„Okay, und das Ganze nehme ich mit meinem Handy auf. Richtig?“

„Genau. Dann mal los! Du darfst keine Zeit verlieren“, drängt Sven.

„Warum so kompliziert?“, mische ich mich ein.

„Wieso?“ Jetzt schauen mich die beiden ziemlich verwirrt an.

„Es geht doch auch einfacher“, wende ich ein. „Ich habe leider Vivians Handynummer, Louis kann ihr doch einfach schreiben.“

„Super Idee.“ Louis holt sein Handy aus der Hosentasche und ich gebe ihm Vivians Nummer. Sofort legt er los.

*Hallo Vivian, wie geht es dir? Louis.*

Er muss eine kurze Zeit warten, bis eine Antwort kommt.

*Beschissen! Habe eine Gehirnerschütterung. Diese blöde KIRA!!!*

„Das geht doch besser als erwartet“, meint Louis und damit hat er recht. Vivian spricht das Thema, zu dem wir kommen wollten, von selbst an. *Du Arme. Warum hasst du sie denn?*, will er wissen.

*Weil sie immer die Bessere sein will. Außerdem macht sie ständig mit dir rum.*

Wow! Die ist aber direkt. Das hätte ich auch wieder nicht erwartet. Louis schreibt weiter: *Sie macht doch gar nicht mit mir rum. Was soll ich mit der?*

*Woher soll ich das denn wissen? Die ist eine eingebildete Pute! Sieht nicht mal einen Baumstamm, der im Weg liegt.*

*Ich vermute, dass das ein Streich von jemandem war. Und zwar gar kein schlechter,* geht Louis auf den Spruch ein. *Echt? Findest du? Willst du wissen, wer den Stamm dorthin gelegt hat?*

Klar! Ich bin neugierig.

*Das war ich, zusammen mit Denise!*

*Cool.*

*Das finden wir auch.*

*Dann gute Besserung. Ich glaube, du solltest dich ausruhen.*

„Mann, die hat alles freiwillig erzählt", staune ich. Das ging wirklich schnell.

„Klar, sie wollte schlau bei mir rüberkommen und vielleicht auch ein bisschen angeben", sagt Louis.

„Nicht schlecht, nicht schlecht", stimmt auch Sven ein. „Dann drucken wir das mal aus und du, Kira, kannst es mit zur Polizei nehmen."

„Super", juble ich. Endlich ist alles geklärt. Na ja, nicht alles, aber ich weiß zumindest, wer es auf mich abgesehen hat. Das ist ein Anfang. Den Rest erledigen die Polizei und die Schule. Zufrieden lasse ich mich aufs Sofa fallen.

Wir unterhalten uns noch eine Weile, bis Sven schließlich sagt, dass wir losmüssen. Also verabschiede ich mich von Louis und folge meinem Trainer zum Auto.

# Wettbewerb und neue Trainerin

Auf der Fahrt fragt Sven: „Hättest du lieber eine Trainerin?"
„Wieso?" Verwundert schaue ich ihn an.
„Weil sich jemand beworben hat und vielleicht eure neue Trainerin wird."
Wie kann das sein? Eine Trainerin? Wie finde ich das? Ja, wie finde ich das eigentlich? Keine Ahnung.
„Schade", sage ich nur.
„Warum?"
„Weil ich dich mag. Ich finde, oft sind Männer im Fußball besser als Frauen."
„Das finde ich nicht", entgegnet er. „Hast du schon davon gehört?"
„Von was denn?" Jetzt bin ich aber neugierig.
„Es soll eine Art Wettbewerb geben. Alle Mitglieder des Vereins können teilnehmen. Es ist allerdings keine Pflicht. Am Ende werden der beste Torwart, Stürmer und so weiter gekrönt."
„Aha, aber es wird doch nach dem Alter unterteilt. Oder?"
„Ja, schon, aber es gibt auch einen Gesamtsieger. Jungen und Mädchen hingegen werden nicht getrennt."
„Dann haben wir ja gar keine Chance", brumme ich.
„Gerade deswegen."
„Was? Weil wir keine Chance haben?"
„Nein, die Jungen sollen merken, dass es auch Mädchen gibt, die gut Fußball spielen, und nicht immer die Jungs besser sind."
„Hört sich gut an. Wann ist das genau, wenn man fragen darf?"
„Am 31., also Samstag in drei Wochen. Aber ich sage heute noch einmal etwas dazu", erklärt Sven.
„Um noch einmal zu unserer zukünftigen Trainerin zurückzukommen. Was wird dann aus dir? Übernimmst du die Jungenmannschaft komplett allein?", erkundige ich mich.

„Nein. Ich gebe dann ein Extratraining für diejenigen, die bei dem Wettbewerb gewinnen. Diese Spieler werden möglicherweise in die Auswahl für die Nationalmannschaft kommen, die suchen immer wieder Nachwuchstalente“, erklärt er.

„Was? Ich bin dabei!“, rufe ich sofort begeistert.

„Das freut mich. Und du kannst es schaffen“, ermutigt er mich.

„Wie viele Sieger wird es denn geben?“

„Zwei Torwarte und auf den anderen Positionen jeweils drei.“

„Aber dann sind es ja genau elf. Und Ersatzspieler?“

„Das gibt es nicht. Wir tragen keine Spiele aus, sondern üben nur, um besser zu werden.“

„Und die Talentsucher?“

„Die kommen zu den Spielen der einzelnen Mannschaften. Es soll nur noch ein Extratraining sein, um wie gesagt besser zu werden.“

„Klingt gut“, bekunde ich mein Interesse.

Wir ziehen uns in Windeseile um und stürmen auf den Platz. Alle sind Feuer und Flamme wegen des Wettkampfs. Sven muss alles noch einmal in allen Einzelheiten berichten, anschließend legen wir mit dem Training los. Als Erstes müssen wir um die Hütchen herumdribbeln und auf das leere Tor schießen. Anschließend darf ich ins Tor und muss die Bälle halten. Kein einziger Schuss geht ins Netz.

Nach einer halben Stunde machen wir eine kurze Pause und eine junge, hübsch aussehende Frau erscheint. „Hallo, ich bin Leanne Berger und werde eure zukünftige Trainerin sein, genau genommen ab sofort“, stellt sie sich vor. Sie ist groß, schlank und sieht verdammt gut aus.

„Oh, hallo Leanne“, begrüßt Sven sie, der offenbar nicht damit gerechnet hat, dass sie beim Training auftaucht.

„Was, wir bekommen eine neue Trainerin? Davon hast du uns gar nichts erzählt“, empört sich Luca. Sie kann immer noch nicht spielen wegen ihres Arms, neben ihr am Rand des Spielfelds sitzt Rebekka, ebenfalls mit einem Gips. Sie konnte nicht von Beginn an zuschauen, da sie erst kurz zuvor aus dem Krankenhaus entlassen wurde.

„Ja, weil ihr die ganze Zeit nur über den Wettbewerb geredet habt, bin ich noch nicht dazu gekommen, es euch zu sagen“, entschuldigt sich Sven.

„Wenn ich eure Mannschaft übernehme, wird Sven die Spieler trainieren, die beim Wettbewerb gewinnen. Und diese schaut sich wiederum ein Talentsucher der Nationalmannschaft an. Die brauchen immer Nachwuchs“, erklärt Leanne. Aber das, was sie erzählt, weiß ich bereits von Sven. „Na dann, damit ihr nicht kalt werdet, solltet wir weitermachen“, meint Leanne. Also stellen wir unsere Flaschen beiseite und laufen auf den Platz.

Nach dem Training verschwinden wir in der Umkleide und ziehen uns um. Sven hat mir und Rebekka versprochen, uns nach Hause zu fahren. Kurz darauf finde ich mich in seinem Auto wieder.

„Wusstest du, dass Kira einen Freund hat?“, fragt Rebekka Sven. Warum denn das? Muss das sein?

„Ja“, antwortet er knapp.

„Was? Echt?“ Ihre Stimme überschlägt sich fast.

„Ja, habe ich doch gesagt.“

„Du wusstest also, dass Louis ihr Freund ist?“, hakt Rebekka nach. „Woher?“

„Von Louis.“

Jetzt schaut Rebekka ziemlich blöd aus der Wäsche. „Von Louis?“

„Ja, Sven ist so eine Art Ersatzvater für ihn, da sein echter Vater viel auf Reisen ist. Und Louis hat es ihm eben erzählt“, kläre ich meine Freundin auf.

Wenig später stehen wir vor meinem Haus und ich verabschiede mich von den beiden. Schnell laufe ich zur Haustür und winke noch einmal, bevor ich dahinter verschwinde.

„Hallo“, rufe ich.

„Hallo, wir sind im Esszimmer“, antworten meine Eltern.

Ich streife Schuhe und Jacke ab und gehe zu ihnen. Luk und Nora sind schon im Bett und ich setze mich zu ihnen.

„Schön, dass du einen Freund hast“, meint Papa.

Mama nickt zustimmend. „Aber warum wolltest du uns davon nichts erzählen?“

„Ich hatte Angst, dass ihr etwas dagegen habt“, gebe ich zu.

„Warum sollten wir?“

Ich zucke mit den Schultern. Dann erzähle ich ihnen von dem Wettbewerb und gebe ihnen das Formular für die Anmeldung. Dieses unterschreiben sie sogleich, ohne zu murren, das hätte ich nicht gedacht. Wie man sich manchmal täuschen kann.

„Wie geht es eigentlich Rebekka?", will Mama wissen.

„Ihr Arm ist angebrochen." Und ich berichte ihnen von den Vorfällen mit Vivian. Von den blöden Sprüchen am Anfang, dem Stamm, dem Brief und dem Angriff heute Morgen. Gespannt hören meine Eltern zu.

„Die sollten wir wirklich anzeigen!" Papa ist empört.

Ich nicke nur und gähne.

„So, und du gehst jetzt am besten ins Bett", fordert Mama mich auf.

Also wünsche ich ihnen eine gute Nacht und gehe in mein Zimmer.

# Stolz

Meine ganze Klasse hat mich heute schon gefragt, wie es mir geht. Allen musste ich die Geschichte wieder und wieder erzählen. Aber warum das alles passiert ist, das habe ich verschwiegen. Nach den ersten beiden Stunden Englisch will Frau Deichert noch einmal mit mir reden.

„Wie geht es dir?“, fragt sie mich.

„Ganz okay. Aber Rebekkas Arm ist angebrochen.“

„Das weiß ich schon, Frau Müller hat mir alles erzählt.“

„So?“ Wie peinlich ist das denn? Jetzt wissen alle Lehrer, dass ich einen Freund habe. Auch das noch!

„Ja, das Rektorat weiß ebenfalls Bescheid. Sie werden sich eine Strafe überlegen.“

„Auch für mich?“ Traurig schaue ich auf den Boden.

„Das weiß ich nicht. Eigentlich war es ja, wie du bereits sagtest, Notwehr. Hättest du nicht eingegriffen, wäre womöglich noch mehr passiert.“ Da hat sie wohl recht. Sonst hätte Rebekka einen völlig gebrochenen Arm und Kathrin vielleicht auch. Das würde viel länger dauern, bis es geheilt ist.

Auch Frau Müller will nach dem Unterricht noch einmal mit mir reden. Sie hat es geschafft, Louis zu entschuldigen. Auch im Karate und Fußball hat sie Bescheid gegeben. Wahnsinn! Was sie alles gemacht hat. Ich bedanke mich und fahre anschließend mit dem Bus nach Hause.

Nach dem Essen verziehe ich mich auf mein Zimmer. Erst erledige ich meine Hausaufgaben und dann muss ich nachdenken. So viel ist passiert! Das mit Vivian und Louis und der Streit mit meinen Freundinnen ist auch noch nicht so lange her. Und morgen ist schon wieder ein Turnier. Ich habe echt fast keine Zeit mehr, etwas mit meinen Geschwistern und mit meiner Familie zu unternehmen. Das muss sich ändern!

Vor dem Training wollen Jürgen und Isi mit mir reden. Erst sind sie sauer auf mich, weil ich Karate angewandt habe, aber dann sehen sie ein, dass es Notwehr war. Ihr Ärger verfliegt und weicht dem Stolz, denn sie sind nun ungeheuer stolz auf mich. Der Vorfall zeigt ihnen, dass sie gute Trainer sind.

Nach der Aufstellung werden wir wieder in die gewohnten Gruppen aufgeteilt und das Training beginnt. Als Erstes spielen wir zur Aufwärmung Brückenfangen und ein Gürtelspiel. Dabei ziehen immer zwei Mitspieler ihren Gürtel aus und fangen damit andere. Diese ziehen ihren Gürtel dann ebenfalls aus und helfen beim Fangen, bis alle erwischt wurden. Anschließend machen wir Liegestütze und andere Muskelaufbauübungen. Wie immer rinnt mir nach diesen Übungen der Schweiß an meinem Körper herunter.

„So, ich hoffe, ihr seid warm und gut gedehnt", beginnt Isabell, „dann wollen wir mal. Jeder übt seine Katas für morgen. Die Starterlisten habe ich leider noch nicht bekommen, das heißt, ihr müsst um acht Uhr dort sein, denn um neun beginnen bereits die Ersten."

Wir nicken und jeder sucht sich ein Plätzchen auf der Matte, die wir aufgebaut haben. Ich vollführe meine erste Kata und achte genau auf meine Stellungen und Techniken. Danach mache ich sie noch einmal in normalem Tempo. Anschließend kommt Isi zu mir und schaut mir zu. Ein paarmal verbessert sie meine Stellung, ein anderes Mal ist mein Arm zu weit oben. Eigentlich kenne ich die Fehler bereits, trotzdem kommen sie immer wieder vor. Wenn man es sich einmal falsch angewöhnt hat, ist es schwer zu ändern. Deshalb am besten gleich richtig lernen. Aber das geht auch nicht immer. Sonst ist Isi mit mir zufrieden und ich mache eine Pause, um etwas zu trinken.

Danach übe ich noch einmal und versuche, die Fehler zu vermeiden. Isabell schaut in dieser Zeit Luk, Noah und Lena zu. Bei Frederike, Johanna und Sarah war sie schon davor.

Nach dem Training stellen wir uns noch einmal auf, anschließend holen wir uns eine Unterschrift von Isabell. Diese brauchen wir für die Gurtprüfung. So können die Trainer nachschauen, wie oft wir da waren. Wenn es zu selten war, werden wir nicht zur Prüfung zugelassen.

Ich packe meinen Stift und den Zettel in meine Tasche und gehe in die Umkleide. Während wir uns umziehen, unterhalten wir uns über die Schule, unsere Lehrer und sonstige Sachen. Als ich die Kabine verlasse, wartet Luk bereits. Zusammen gehen wir zu unseren Rädern und fahren nach Hause.

# Training sorgt für Erfolg!

Ring, ring, ring ... Was? Wo? Mein Wecker! Ich fahre aus dem Bett hoch und schalte ihn aus.

Warum, es ist doch Samstag? Mist! Ich streife die Decke zurück und springe hoch. Turnier in Oberndorf! Schnell laufe ich ins Bad und ziehe mich an. Hunger habe ich keinen. Mein Magen ist immer schon aufgeregt, obwohl ich noch ganz ruhig bin. Schnell werden die letzten Sachen zusammengepackt, bevor wir ins Auto steigen und losdüsen. Eine Stunde Fahrt mindestens. Toll! Das Radio läuft, während wir in Richtung Oberndorf tuckern.

Die Straßen sind noch nicht sehr voll, was ein großer Vorteil ist. Doch man sollte sich nicht zu früh freuen, nach ein paar weiteren Kilometern stehen wir im Stau. Super! Wenn man vom Teufel spricht, kommt er daher. Aber der Stau dauert zum Glück nicht allzu lange.

Um Punkt acht Uhr stehen wir vor der Halle. Es ist schon ziemlich viel los. Wir kämpfen uns durch das Gedränge und halten nach den anderen Ausschau. Sie stehen an einem Tisch und unterhalten sich.

„Hängen die Listen noch nicht aus?“, will ich wissen.

„Nein, immer noch nicht“, teilt Isabell mir mit.

„Und sie haben nur eine Matte und die anderen sind abgeklebt“, mault Lena.

„Na super. Hoffentlich sind wir nicht auf dieser Matte, sonst rutschen wir vielleicht noch aus“, sage ich.

„Geht ihr euch bitte umziehen, wir wissen ja nicht, wann ihr dran seid. Und danach aufwärmen“, befiehlt uns Isi.

Wir suchen die Umkleiden auf und ziehen uns um. Auch hier ist viel los. Deswegen beeilen wir uns besonders, denn es ist verdammt stickig.

„Puh“, atme ich auf, als wir endlich nach gefühlten Stunden die Umkleide verlassen. Sarah gibt mir kopfschüttelnd recht.

„Hängen die Listen jetzt?“, will Frederike wissen.

„Ja, kommt, lasst uns gleich nachschauen“, meint Jürgen. Ausnahmsweise ist er mitgekommen, da Isi selbst starten möchte und Andreas Schiedsrichter sein muss.

Schnell bahnen wir uns einen Weg zu den Listen, vor welchen riesige Menschentrauben stehen. Ich habe zwar meine Kategorie gefunden, mein Name steht aber nicht dabei.

„Mein Name fehlt“, beschwere ich mich bei Isi.

„Was? Lass sehen.“

Gemeinsam gehen wir noch einmal die Liste durch und tatsächlich, mein Name ist nicht dabei. Was nun? Frederike und ich wären in der gleichen Gruppe und ihr Name ist aufgeführt.

Aufgeregt kommen Lena und Sarah angelaufen. „Kira, dein Name steht bei uns auf der Liste!“, verkünden sie.

„Das geht nicht, ich habe doch einen höheren Gürtel, da werde ich garantiert disqualifiziert“, jammere ich.

„Das haben wir gleich.“ Jürgen ist zuversichtlich. „Ich gehe zur Turnierleitung.“

Offenbar hat er damit Erfolg, denn kurz darauf werden neue Listen ausgehängt und ich stehe bei der richtigen Gruppe dabei. Jetzt kann es losgehen.

Da wir viel Zeit verloren haben und die Ersten bald an der Reihe sind, müssen wir uns jetzt schnell aufwärmen. Zuerst laufen wir ein paar Runden im Kreis, anschließend hüpfen wir und dehnen uns. Danach üben wir unsere Katas, um ein Feeling für die Matten zu bekommen. Beziehungsweise für den Boden. Denn leider startet meine Gruppe auf der abgeklebten Matte. Die richtige Karatematte ist für das Kumite reserviert. Die brauchen Matten nötiger als wir, da sie hüpfen und gegen einen Gegner kämpfen müssen. Natürlich dürfen sie sich auch hier nicht berühren, sonst gibt es Strafpunkte. Deswegen mache ich das nicht, es gibt immer Verletzte. Einmal bekommt man einen Schlag in den Bauch, ein anderes Mal gibt es blutige Nasen und so weiter ...

„Wir wollen alle Athleten herzlich begrüßen. Bitte stellt euch auf“, tönt es aus dem Lautsprecher. „Schön, dass ihr alle gekommen seid. Wir wünschen euch viel Spaß und faire Kämpfe.“

Das Publikum applaudiert. Wir verbeugen uns erst zum Publikum hin, dann zu den Kampfrichtern. Diese teilen sich anschließend auf. An jeder Matte sind drei Kampfrichter und zwei Personen, die die Liste führen.

Und schon beginnt es, der Sprecher verkündet die ersten Starter auf den einzelnen Matten. Von unserem Verein ist noch niemand an der Reihe. Es wird nämlich mit den Minikids begonnen und von uns startet in dieser Kategorie niemand. Wie gesagt, wir haben noch Zeit.

So viele Starter sind es bei mir gar nicht, ich bin noch einmal zu den Listen gegangen und schaue mir die Namen der anderen an. Von denen kenne ich leider niemanden. Was nicht unbedingt heißt, dass es gut ist. Entweder sind die alle noch nicht so lange dabei und deswegen nicht so gut oder ich kann mir nicht alle Namen merken und es sind richtige Kanonen dabei. Egal, ich werde es früh genug sehen.

Gerade kündigt der Mann die Kinder an. Okay, dann sollte ich mich langsam warm machen, ich bin danach bei den Schülern an der Reihe. Ich laufe erst ein paar gemütliche Runden, bevor ich mich zu Johanna geselle, die gerade dran ist. Noah startet ebenfalls auf der Nachbarmatte.

Das hier ist ein Punkteturnier, das heißt, man bekommt für die gezeigte Kata eine Punktzahl. Je nachdem, wie gut man war. Jeder Kampfrichter hält die Punkte, die er vergibt, in die Höhe. Diejenigen, die vorne am Tisch sitzen, notieren die Punkte auf ihrer Liste. Diese werden am Ende zusammengezählt und der mit den meisten Punkten hat gewonnen.

Außerdem gibt es Fahnenturniere. Bei diesen treten immer zwei gegeneinander an. Jeder Kampfrichter entscheidet dann für sich, welchen Athleten er besser findet. Anschließend hebt jeder eine Fahne in die Höhe. Es gibt eine blaue und eine rote Fahne, denn die Athleten haben entweder einen roten oder einen blauen Gürtel an. Wenn zum Beispiel drei rote Fahnen in die Höhe gehoben werden, hat das Karateka mit dem roten Gürtel gewonnen. Der Sieger kommt weiter und muss gegen den Nächsten antreten. Am Ende stehen sich zwei im Finale gegenüber, und wer das gewinnt ist der

Sieger. Das Ganze hört sich zwar kompliziert an, ist es aber nicht. Mist, jetzt habe ich gar nicht aufgepasst, wie viele Punkte Noah bekommen hat. Ist aber auch nicht so schlimm, ich werde nachher erfahren, welchen Platz er gemacht hat. Ich laufe lieber noch ein bisschen, aber bloß nicht zu auffällig, das mögen die Kampfrichter nämlich nicht wirklich.

Als ich endlich warm bin und gerade fertig, ertönt die nächste Durchsage. Schüler männlich, da müsste Luk dabei sein. Schüler weiblich bis Grüngurt, Sarah und Lena. Und Schüler weiblich ab blau, Frederike und ich. Also nichts wie auf die Matte.

Luk hat es gut, er hat die Kampffläche mit Matten erwischt. Warum dieser Verein nicht mehr Matten hat? Klar, die sind sauteuer, ein Quadratmeter kostet 37 Euro. Natürlich benötigt man aber mehr als einen Quadratmeter. Für eine ganze Matte braucht man 100 Mattenstücke und das kostet dann 3700 Euro. Deswegen kann ein Verein froh sein, wenn er überhaupt eine Matte hat.

Ich stelle mich neben meine Gegner auf die dritte Matte und warte, bis mein Name vorgelesen wird. Alle sind anwesend. Schade, dass niemand krank geworden ist, sonst hätte ich weniger Gegner. Aber egal, das schaffe ich auch so. Wir verlassen die Matte und stellen uns in die Nähe des Tisches, damit wir mitbekommen, wann wir aufgerufen werden. Isi ist bei uns. Man benötigt nämlich immer einen Coach. Da ist es ein bisschen blöd, wenn man nur einen Trainer dabeihat, aber viele gleichzeitig auf verschiedenen Matten starten. Der Coach kann schließlich auch nicht überall gleichzeitig sein.

Das erste Mädchen bekommt insgesamt fünfzehn Punkte, das zweite zwölf. Die sind gar nicht so schlecht. Alle bleiben ungefähr um die fünfzehn herum. Dann bin ich an der Reihe, als Letzte. Bis jetzt ist Frederike die Beste.

Ich konzentriere mich voll und ganz auf mich und schalte den Rest um mich herum aus. Ich atme noch einmal tief ein und aus, bevor ich beginne. Sauber führe ich jede Technik aus wie im Training. Alles klappt super, ich habe keinen einzigen Patzer gemacht. Stolz verlasse ich die Matte und bekomme tatsächlich 24 Punkte! Das ist super und damit liege ich in Führung.

Auch der zweite Durchgang verläuft reibungslos, bis ... Ein Mädchen hat seine Kata wunderschön begonnen, verläuft sich aber und weiß nicht mehr weiter. Es bricht ab und darf netterweise noch einmal von vorne beginnen. Doch auch dieses Mal wird es nicht besser, meine Konkurrentin bleibt schon wieder hängen und bekommt nur fünf Punkte. Hoffentlich passiert mir das nicht auch.

Aber auch beim zweiten Durchgang klappt alles super und erneut erhalte ich 24 Punkte. Damit gewinne ich haushoch. Insgesamt habe ich 48 Punkte. Frederike folgt mir mit 40 Punkten, die nächsten haben nur 35.

Meine Vereinskameradin und ich fallen uns in die Arme. Die Anspannung des Tages fällt von uns ab. Jetzt können wir etwas essen gehen und auf die Siegerehrung warten. Den ganzen Tag über habe ich noch nichts gegessen, deswegen bin ich sehr hungrig.

Nachdem wir gegessen haben, gehen wir wieder in die Halle und betrachten die Pokale. Sie sind groß und wunderschön!

Wir schauen auch bei den anderen Kämpfen zu. Isabell meint immer, vom Zuschauen lernt man auch viel. Bald beginnen die Kumite-Kämpfe, aber auch die sind höchstinteressant.

Dann endlich findet die Siegerehrung statt. Bei den anderen ist es auch super gelaufen. Noah ist immerhin Dritter geworden, Johanna hat den zweiten Platz geschafft, genau wie Frederike und Sarah. Luk hat sich tapfer geschlagen und den ersten Platz ergattert, ebenso wie Lena und ich. Isi ist auch nicht schlecht, sie ist Zweite geworden, obwohl es ihr erstes Turnier seit Langem war.

Nach der Siegerehrung machen wir noch Fotos. Diese sollen in unserem Mitteilungsblatt erscheinen sowie in der Zeitung. Danach machen wir uns auf den Weg in die Umkleide.

„Das war toll.“ Lena strahlt von einem Ohr bis zum anderen.

„Ja, aber hast du die eine bei uns gesehen?“, lacht Sarah.

„Ja, die war so schlecht.“ Auch Lena kichert.

„Bei uns waren auch solche dabei“, meint Fredi.

„Überlegt mal, bald findet schon wieder das nächste Turnier statt“, merke ich an und schnappe mir meine Tasche. „Seid ihr fertig?“

„Warte, ich muss noch meinen Anzug einpacken“, stöhnt Sarah. Ihr Anzug will und will einfach nicht in ihre Tasche passen. Schnell helfe ich Sarah, ihren Sportdress hineinzuquetschen. „Wir können“, lacht sie. Ihre Tasche ist so schwer, dass sie sie gleich wieder abstellt. „Das hätte ich nicht gedacht", stöhnt sie.

Wir verlassen die stinkende Umkleide und machen uns auf den Weg zu unseren Eltern. Als wir auf der Tribüne ankommen, haben unsere Eltern schon alles zusammengepackt und warten auf uns. Mit großen Augen bewundert Nora Luks und meinen Pokal.

„Die sind voll schön", strahlt sie uns an.